汉水西流

博点 著

陕西新华出版传媒集团
太白文艺出版社·西安

图书在版编目（CIP）数据

汉水西流 / 博点著. —西安：太白文艺出版社，2022.7（2023.2重印）
ISBN 978-7-5513-2093-1

Ⅰ.①汉… Ⅱ.①博… Ⅲ.①中篇小说－中国－当代 Ⅳ.① I247.5

中国版本图书馆 CIP 数据核字（2021）第 226895 号

汉　水　西　流
HANSHUI XI LIU

作　　者	博　点
责任编辑	杨　匡　张馨月
装帧设计	朱艳坤
出版发行	陕西新华出版传媒集团
	太 白 文 艺 出 版 社
经　　销	新华书店
印　　刷	三河市嵩川印刷有限公司
开　　本	787mm×1092mm　1/32
字　　数	90千字
印　　张	5.75
版　　次	2022年7月第1版
印　　次	2023年2月第2次印刷
书　　号	ISBN 978-7-5513-2093-1
定　　价	48.00元

版权所有　翻印必究
如有印装质量问题，可寄出版社印制部调换
联系电话：029-81206800
出版社地址：西安市曲江新区登高路1388号（邮编：710061）
营销中心电话：029-87277748　029-87217872

自序

谁都有童年，而有祖母的童年就充满了故事，因为祖母会把她听闻的、见识的都当作故事，一件件地讲给你听，有激励，有诫勉，也夹杂着哄慰，有些则是干脆要说给你听。

很荣幸，我就是祖母带大的。

祖母讲过许多故事，零零散散，涉及故土先辈的事也不少。

这些年，我发觉自己有了日渐浓浓的乡愁，对故土历史上的烟波风云尤感兴致，但残缺的片段难以相连，片段之间的巨大空隙无法填补，而故事本身蕴含的丰满血肉又十分隐约。祖母早已离世，不能再朝夕叩问了。高龄的前辈倒是时常遇到，但所忆所言，大体也不出祖母的讲述，往往还显得更加无趣与离谱。于是，我就越发钦佩祖母的记性和叙事力。

渐渐地，我也明白了，历史不可能完全演给你看，流传的片段是它的精华，铭记历史就是铭记这些精华所承载的美、所携带的训。这也正是记忆的优势，试想，如果不加提炼地铭记所有，记忆的枷锁就会把你羁绊在原地不能动。

其实，历史片段的朦胧模糊以及片段之间的巨大空隙，刚好给了人们无限想象的空间，《汉水西流》的人物和情节的演绎，就基于此。

我想铭记，曾经有过的河清海晏何其欺世盗名？一个最典型的观察点就是王家的四少爷，他是秀才，算是仕子了，领天下之风尚。可四少爷却秀才不知天下事，圣贤书读得厌倦了，就玩味起了奇门，甚至连本应由阴阳先生恭书的祭文，他也要亲自操刀，可见无聊至极，最终成了百无一用的书生。此系谁之哀？家大业大的王家，看似赫赫扬扬，但忽遇末世之乱，也一夕崩塌，此又系谁之哀？四少爷和像他一样的所谓贤达，错误地成了那个社会的标杆与寄托，也就注定了那个社会必然要走向穷途末路。

生生不息的西汉水人，更有戏靴子、三少爷一类的铮铮铁汉，于艰难困苦中向死而生，他们对新时代的拥抱完全是一种自然抒发。

世界是由男人和女人共同组成的，男人的痛苦女人也承受着，或者承受得还更加深重；男人的奋斗女人也付出着，或者付出得还更加激情。当男人显扬时，往往有显扬的倩影浮现，三姨娘就是一个。

仅以拙作，以飨故土，并怀念我的老祖母。

博 点

2022 年 2 月 24 日

目录

太蟒太蟒　001

乱世杀打　035

大乱居野　045

豹变革面　071

家道再旺　099

关山渡险　121

大道将行　151

汉水本来一径东流，六朝时天地翻覆，阳平关一带骤然隆起，汉水上游便改向西流，与如今的汉江分道扬镳，始成西汉水。命名上的承继性也沁透了一种铭记。地理玄学流传一个观念：凡水，东流为顺，西流为逆。逆流水俗称倒流水。倒流水域的人，犟直倔戆，恶斗悍勇，极其不易服软。

——题记

太蟒太蟒

王家的驼队又回来了，平日寂寥的川原坡岭一下子壮观起来。正是初夏时节，草木翠青，晚霞璀璨，薄雾轻漫，驼铃悠扬，或赶路或劳作或闲逛的人，无不对着驼队瞅了又瞅、指了又指。

王家是方圆百里的大户，祖祖辈辈以贩运为业，南达川滇，北抵口外；南下川滇专用马队，北出口外专用驼队。马队、驼队定期到西汉水头的本家会齐，驮货互换，擘画经营，接着又各奔南北。

王家老爷年过七旬，须发皆白，面庞犹如雕琢过，虽显苍老，却透着一种独特的气度，坦然的外表流露出厚重的阅历和对世事的洞明。瞧着伙计们牵赶着一峰峰驮重的骆驼在身前经过，他拄杖而立，腰板挺直，双唇紧闭，眼神坚毅，很像一个沙场老将正在检阅凯旋的兵马，充满了豪气与神圣感。家下人等，除了管事的纷攘忙活外，其余都在老爷身后一一肃立。这是王家向来的规矩，早已成为一项不可些许怠慢的仪式。

"老爷，北来七十二峰百五十人，三少爷辖统，大少爷正在骆驼场子料理。"管家挥着满头的汗，奔到老爷面前告白着。

"接风开宴。"

老爷话音一落，便有人上前搀扶回府，其他人也纷纷尾随缓行。

王家北来北去的骆驼约三百峰，南来南往的骡马约五百匹，一年四季，按贩运所需分批来往，沟通着漠北至滇池的奇货珍品。王家大宅占了这个名唤川王寨的庄村的大部分，宅旁还有个偌大的驼马场，场地中间被一排库舍隔开，一边是专门的骆驼场，一边是专门的骡马场。库舍两面通门，既便于驮货缴存转运，又便于牲畜饲喂。这阵子，骆驼场好不热闹：卸货、入库、计点、上账、封门，以及骆驼拴缚、饲喂等，虽说乱乱哄哄，却是老旧陈式，加之王家大少爷极善御下，倒也乱中有序，约莫一个时辰也算妥帖了。北来的伙计们被招呼着去宅里歇脚喝茶，家中的一些伙计则留在场子里收尾。骆驼们或卧或立，几乎无一例外地昂头咀嚼，个个都是英雄归来的架势。

大少爷年纪五十开外，沉稳持重、方圆有度，深得下人们拥戴，与管家有着铁亲的兄弟情分。三少爷年轻许多，说话做事干练利索，体格面庞活脱脱刻画出奔波和风霜，也给人一种侠肝义胆的感觉。他们有说有笑，比画而来。几个房间早已摆设了桌凳，八宝盖碗子连同荤素凉菜排列齐整。伙计们很有眼色，不大工夫都已各自坐定。三少爷领了北来的管事伙计上了堂屋与老爷、太太叙话，大少爷则在外照看，丫头婆娘们提了铜壶沏茶。随着茶香飘散，话语也纷乱起来，一坛坛陈酒被启封，接风宴瞬时有了热度。

王家的管家、伙计，多数来自四邻八乡，也有少数来自遥远的外省。家居不远的，因离乡多时，往往无心宴席，吃饱喝足应付完场面、领了嘱咐后，也就起身赶趟回家。外来的伙计有专门的居处，老成些的也一个个开溜歇息。总有几个年少气盛的，留恋杯盏、斗酒缠绵，王家也概不约禁，只是管家会多些留意罢了。唯有一个伙计外号戏靴子的，十七八岁，面庞黝黑，双目炯炯，灵动疏朗。本与王家同族，但脉系偏远，今晚虽是久别而归，似乎也不念家，倒是前脚后脚地添茶看酒，看似善饮，瞧着却不大滥饮。原来，戏靴子早已瞄上了一个名唤那丫的跑堂丫头，借机试探，颇应情趣。二人咫尺斗气，似嗔非嗔，却隔空传意，已是大有头绪了。这不，那丫与另外几个丫头忽然一个个笑得弯腰捧肚咯咯气喘。戏靴子看着，毕竟带了点酒胆，故作惊讶地唬诈。一个丫头油腔怪气地说：

"有人想看靴子戏。"

言讫，一哄而散，独独撂下那丫，低着头，羞羞地离开。

原来，戏靴子善唱戏，尤其精于穿靴子踱方步的武生戏，小有名气，诨名也由此而来。丫头们借机取笑，也是为了帮情传意。

管家忽然拍着戏靴子的肩，故作高声地嘱咐道：

"刚好你没家去，回头到伙计房里歇了，明儿一大早驾趟车，四少爷屋里的要去观上还愿！"

冷不防地，倒令戏靴子吃了一惊。酒意正酣的伙计们听到这话，纷纷起身道别。管家不依，愣是给每人看了三大盅。

鸡鸣三遍，东方泛白，月隐星稀，一些伙计陆续起身，各自忙活。戏靴子记着管家的话，着意盥漱了一番，换了齐整的衣衫，用罢餐，早早牵来驯骡，套起车驾，专等驱使。套车不止一驾,而是三驾,另外两驾的驾手都是家常伙计,与戏靴子本来热络,三人一碰面就嘻嘻哈哈的。

原来,四少爷的二房姨娘生了大胖小子,择了吉日去朝观,专给青龙观的送子娘娘还愿心。眼瞅着四少爷的书童笑嘻嘻奔来,手里拎着三吊钱,给戏靴子他们每人一吊,说是四少爷专赏驾车的。三人连忙接过,躬身称谢。又见四少爷屋里的管家婆摇身而出,见了他们三人,故作惊怪地说:

"天爷哟,还是你们三个造化大,也是娘娘有灵,不然把你们浇个透!"

劈头盖脸的话,令人一脸懵懂。瞧着三人张口结舌,管家婆忽然蹊跷起来,话音压得很低,十分要紧、十分神秘地说:

"你们想,四少爷也是这一道川里有名的秀才。都说'秀才学阴阳,拍手笑一场'。哪个秀才不懂奇门?喜得贵子,答谢娘娘,板上钉钉的事,硬是自掐自算择了个吉日。我就斗胆说,少爷,这种事,还是请外面的正经阴阳好,况且医不自治。少爷毕竟学识高,稍一提点就改了主意。你看少爷掐算的日子——前儿个!"管家婆吐了吐舌头,眼神透着诡异。

"啊?前儿个,整天的雨!"一个伙计惊叹起来。

"要不我说你们造化大。"管家婆得意起来,"你看今儿个良辰吉日多好的天气！"

"谁个掐算的？"三人几乎异口同声地问。

"还不是下川里的刘阴阳，我娘家嫂子的二爹爹。"

"敢情是你老人家撺掇的？"戏靴子鬼模鬼样地问。

"看你说的，老嫂子在那屋里管事，也得操上心不是？"管家婆说着，又猛一变脸，"留下一个人看车马，俩人随我来搬供品。"

那婆子斩钉截铁，扭头就走。戏靴子和另外一个伙计趋前紧随。

宅院幽深，穿廊过厅，拐了几进几出才到四少爷居处。院子不大，却十分清雅。竹影横斜之下，几个丫鬟、婆子围拢着一张婴儿床，挤眉弄眼地引逗里面的孩子咿呀学语。

四少爷长衫在身，一脸文弱，在犄角处打转，看上去舒眉展眼、心平气定，见管家婆领人进来也是很不在意，只略微点了点头。

大阿娘从上屋里出来，支使大家各自准备，催促少爷去书房，又唤管家婆叫来二姨娘，好一番嘱咐。

忽然，不远处闪出一个丫头，笑嘻嘻地摆手召唤。戏靴子一看，却是那丫，心头骤然豁亮，跟同来的伙计连忙上前，听着那丫的指派搬物件，多数都是供物祭品。

出出进进几趟子，不紧不慢准备妥帖了，二姨娘便在一众阿婆、丫头的簇拥下出了门，被扶上第二驾车子。那丫也随行，想必念兹在兹，顺顺地坐上第三驾车子，驾手正是戏靴子。车上共四人，戏靴子一边小心地驱驾，一边却留神着那丫的一息一喘，虽然不便直来直去地言谈说道，却是气脉相通，心里美滋滋的。

王家车驾出行，也是这道川里的亮景，尤其有女眷出行时，更会引来一路的好奇。车驾虽有遮饰，但纱窗帘布难以尽掩钗头粉黛。车轮响亮而有节奏，刚好成了一种宣示，引得路人驻足引颈，纷纷打探。

车到山门，便有道长并几个道姑早早迎候着，开口必称"无量寿"。一众人等被引入观内，先往玉皇殿里上供，二姨娘及其随身下人们齐刷刷跪满一地，干果肴馔一一奉上，封银若干记入功德簿。

道长十分称意，款款叩响铜钟，笛音旋起，律韵清越。道长接过二姨娘手中的飨盘，拿起专封的祭文，那是四少爷亲笔所撰。只听道长高声宣祷：

维某年月日，岁在某某，信仕弟子王谦次内，感涕天佑，得诞佳麟，谨具资献，致祭于浩天云阙玉皇大帝阶前。俗妇不慧，但有缺节失数之处，万请赦佑！

祈福纳祥，谨叩天恩。再拜！

祷罢，钟鼓齐鸣，道长指点着化马祭祀，十叩九拜。香烟缭绕，一派肃穆。接着，又往三清殿，还是隆仪上供祭拜。

最后来到娘娘殿，祭祀主持换成了老道姑，与二姨娘最相熟。供品多出几样，系二姨娘自粘的纸花，自裁自缝的丝履、缎袍。一众丫鬟、婆娘也纷纷拿出各自预备的荷包、彩绳等，挂满供奉娘娘的坐轿。

二姨娘是个知晓事理的明快人，柔媚内敛，人见人喜，做罢祭仪，谢过道长，约禁了一番下人，便只身一人随了老道姑去往后院的居处闲话。下人们得了自便，就有祈福磕头去的，有找老道卜算去的，也有赏物观景的。戏靴子心在那丫身上，留神着那丫的一举一动。那丫则正和几个同来的女伴围着道姑子叽叽咕咕，也不时朝戏靴子瞟来眼神。戏靴子灵机一动，故意上前正经地向那丫问话：

"麻烦姑娘,还有要干的啥?"

那丫故作一愣,似乎很快反应过来:

"杯盘碟碗要倒换收拾,提前装上车。走,跟我去厨膳房安顿。"说完,扭头就走。戏靴子得趣窃喜,亦步亦趋地紧随着,觑个无人处,低声下气地边走边问:

"姑娘叫啥名,哪个庄子的?"

那丫似乎害羞地作笑,小声娇语道:

"看你怪的,问人家啥哩!"

"就问下嘛!"戏靴子紧追不舍。

过了片刻,悄无声息。又过片刻,只听那丫小语微声、羞言羞语却一字一顿:

"我叫那丫子,对过窑上的。"一边说一边将下巴翘向对面的山上。

戏靴子脸上不露喜色,心里却兴奋异常。

青龙观以其坐落之地山势蜿蜒、极具龙姿而得名。观踞龙头,引颈江流,颇有景致。观前断崖,直落江心,横逼得西汉水硬是绕了个大弯。崖底被称作观隘端底,张着两个黑洞,令人心怯,却唤作青龙洞,紧靠江流,可望而不可即,传说怪异。最近,风言风语说真的有青龙在洞里出没,有时也戕害牲畜,更有附近庄子的老人、孩子失踪，究竟遭了狼兽还是命丧青龙也未可知。说得骇人听闻了，道长便亲率弟子在观里观外、山上山下、洞前河岸做道场施符咒。今天众人进观，免不了窃窃私语地打听，道士们都显得很诡异，似乎也有些得意，因为如此一来，道观越发神异和令人敬畏了。

日近正午，打道回府，道长率阖观的弟子直出山门相送。二姨娘再三给老道长提醒着大娘约请造访的事，老道长连连点头，依依惜别。

转眼十来天过去，二少爷领着南去的马队也回来了。只见骆驼场子满是骆驼，骡马场子满是骡马，主家、伙计忙着倒腾驮货，好一番热火景象！

戏靴子更是忙得不亦乐乎，除了手头的活计外，起早贪黑地往家里跑，催促家人请媒说亲，专挑窑上的那丫子家，不容延宕，一再提醒家人：马上又得随驼队北去了。

那天晌午，管家来寻，说是老爷叫说话。戏靴子一听，脑袋轰了一下，着实吃惊不小：难道与那丫的事露了馅？私相传意，授受不亲，会闯下大祸。可眼下，纵然心里忐忑，也得硬着头皮跟了管家进大宅见老爷。随马队而来的画师正给老爷、太太落影，那也是二少爷的一份孝心。老两口穿戴隆重，在太师椅上正襟危坐，家眷们噤声敛气地看着画师用笔。戏靴子无心欣赏，只静静地暗察着老爷的气息。一时茶歇，老爷转入里间，大少爷和管家也带着戏靴子跟了进去。

"多时没看你的靴子戏了。"老爷轻抽着水烟，戏谑着说话。戏靴子一下子放心了许多，神态也自然了许多。

原来，老爷惦记着红崖沟后山的草滩草坡，想开个山庄牧牛牧羊，怎奈已有大户占了几个垮子，具体也不明就里。经几个少爷商量举荐，他们想要戏靴子带几个伙计办这件事。

"你人机灵，身手麻利，这事还得靠你。"

老爷、大少爷、管家一齐夸奖，倒叫戏靴子很局促。

"你不随驼队去了，手中的活计交别人，盘算一下，得快些上手。"老爷一锤定音。

正愁与那丫的事没个着落就要北去，真是天遂人愿，这下正中下怀，戏靴子十分称心。

提起红崖沟，川道里的人总感到不是滋味。朝北望去，一沟斜挂，血红的砂岩向两面撇开，沟顶舒展着一道缓坡，缓坡之上，则是高耸入云的两个"驼峰"。曾有地师放言："红崖沟的山形地貌，正像一个劈腿仰睡的妇人，私处外张，冲害得一道川里不顺吉。"以邪传邪，难免就有人动了恨心，曾组织成千人前往，欲填平沟崖，再造风水。不承想，远看不经意，走近则是山高沟深，别说区区千把人，就是上万人也只好望沟兴叹。逞头的不甘心，大家只得勉强挥动起镢铲来。岂料正午刚过，暴雨突袭，电闪雷鸣，石走沙飞，泥浆翻滚，大伙儿一个个像落水鸡似的跪地祷告，心想一定是犯了煞，稍待雷暴和缓些就屁滚尿流地滚爬而回。从此以后，多少年过去了，红崖沟作为一块心病，川道里的人总是很忌惮。

早起的干粮一吃罢，戏靴子就提起三尺鞭杆，一径朝红崖沟方向走去。他要翻过那高耸的香炉鼎，摸清楚草滩草坡都归了哪些人家。香炉鼎是红崖沟顶端驼峰中的一峰，戏靴子已经打听明白。

十来里平路走过，就开始过涧爬垴。草木葱茏、荆棘遍野，隐隐约约似乎有路可循，却又无路可行，只好瞅准香炉鼎，前突后绕而往。看看渐到红崖沟口，戏靴子想起先辈们当年填沟的逸事，忽然心生惧意，于是撇开沟底，攀上沟边一侧的崖顶。视野开阔起来，红崖沟周遭尽收眼底。身临其境，想起传说中风水先生的诳言，戏靴子未免心绪荡漾。忽然有野鸡从脚下飞起，令人猛吃一惊。看着野鸡落往沟对面，戏靴子来了精神，咳嗽两声，放开嗓门打起山歌来：

对面的山上野鸡叫,
公哩母哩谁知道?

不料沟底深处也有人,只听那人清清嗓门,立马对道:

弯弯的镰刀正割草,
阿搭的少年上山了?
少年你不要狂得早,
一时的风流长不了。

听得真切,刚亮个嗓子就惹来恶对,那人绝对不是善茬。戏靴子一时伤脸,敛息起来只管闷声爬坡。片刻之间,却听得沟口外斜刺里有女子亮起嗓音来,悠扬婉转,清脆如铃:

听得个莽夫对粗汉,
不是根葱来不是头蒜。

好家伙,一嗓子骂歪了两个人,也不知是姑是妇,足见山野刁顽,还是小心为妙。戏靴子正在玩味,只听得沟底的汉子

又亮嗓了:

> 爬了个沟儿正淌汗,
> 看不见花儿心慌乱。
> 早一点回家铺毛毡,
> 今晚夕哥哥把门掀。

歌声一落,女子立马对来:

> 你娃的腿长根基浅,
> 门开了还是个浑身软。

汉子不再吭声。戏靴子暗自称奇,毕竟有点意犹未尽,于是放胆再亮一嗓:

> 听得见花儿声音亮,
> 哥哥的影儿你追上。

女子随之歌起:

不怕个风来不怕个晒,
你有个锅来我就有菜。

戏靴子心虚起来,又好像抓住了破绽:

只要花儿你支起锅,
下井里没水寻哥哥。

女子歌喉再起,也好像真的追戏靴子而来,听起来距离近了很多:

防不住说了个颠倒话,
惹来了蜂儿招来了骂。
你要是下井里不缺水,
花儿想看个下井的底。

戏靴子一听,又羞又惊,不再作歌,气喘吁吁地只管爬坡。临到香炉鼎,只听女子脆声又起:

听着去是个带货的,

没料到是个叫更的。

沾上个花儿花粉香，

提防着半夜里有无常。

山歌嘹亮，直透心扉，也令戏靴子胆战心惊。一门心思爬临绝顶，转身回望，但见坡陡草长，一个人影也没有。戏靴子摇摇头，倒下身子，仰面朝天，舒臂展腿歇息了好长时间。

山外山连环，绿草如茵，白蒿如团，野花摇曳，迎风鹰旋，好一处世外秘境。戏靴子早就听说这是一处金盆养鱼的风水宝地，如今身临其境，确实名不虚传。山底就像锅底，山沿就像锅沿，草滩连着草坡，溪流鸣着潺潺。更加难能可贵的是，足足五个环形的垮窝，就像五片盛开的莲花瓣，拓宽了滩滩坡坡的空间。偶尔兔奔鹿窜，时常鸟飞蝶狂。

屈指算来，这里只有六七家散落的居户，都是给川道里的大户看山庄的，也就是几圈羊几圈牛。世代流转，现如今执地契的有上川里的康家、下树曲的张家、城豁头的吕家，算是家大业大的；至于辛家、汪家、乔家，其实就是殷实而已，占地也不多。

戏靴子虽然年轻，却也走南闯北，气度、见识不俗，碰上这些扛长工住山庄的居户，本来就有点凌人之势，加之使了点钱，一时半会儿就摸清了实情。返归的路上，他已成竹在胸：几家大户，康家最盛，但康家近来商路上不顺吉，又因康家大爷虽是官身，但宦海无涯，同僚挤对之下，竟然颇多失意，于是就想捐个更高的职级，无奈用度太大，筹措不易，已数番前来求王家抵借。此时顺势出手，保无不成。拿下康家，张家、吕家就好说了——其余三户，本来势小，稍微多许些银两，不在话下。

戏靴子回到府上，一番回禀后，老爷大为嘉许。接下来，戏靴子会同少爷、管家照此操弄一顿，竟然妥妥帖帖地办成了。

于是交割地界，筹划营谋，戏靴子成天带着几个伙计上山庄，有时干脆住下，几天不下川来，俨然成了山庄的总管。

恰逢此时，家中老爹打发人偷偷传话："窑上说亲的事有眉目了。"

戏靴子的爹早年也在王家府上做事，熟悉府里长一辈的伙计、阿婆，见儿子指名道姓地催亲事，倒也很称怀。贫寒人家，也不拘泥于父母之命、媒妁之言，只是不去声张就是了。一日，戏靴子的爹不动声色地摸到府宅的后门，捎话带言唤出四少爷房中的管家婆，拐弯抹角地打听窑上的那丫。管家婆特别溜，一下子就摸准了脉息，阴阳怪气地口出诳语：

"你老差伙也是个胆托天的，直截了当地打听四少爷房里的灵巧姑娘，府上要知道了，那还了得？"

戏靴子老爹着急起来，连忙央告：

"他婆，破锣嗓子轻一点！还不是亲托亲提起的，听说归你管辖，老汉我就厚着脸皮打听来了。"

"呸，脸真厚，还亲托亲！老身是那丫子家的上门亲，啥不知道？她家五服之内，哪门子是你的家亲？你说说，到底哪门亲戚托上门的？叫我也认下。"

管家婆越发显得盛气凌人，直令戏靴子老爹结巴起来，讪讪地不再言传。管家婆得了意，死盯着靴子老爹，咧嘴晃脑，继而又转嗔为笑：

"老家伙，别把你吓出个好歹来！啥事能瞒得过我？当我癫狂了？听着，戏靴子跟那丫捣的那点鬼，老身早看在眼里了。实话给你说，我是那丫子家上门亲的长辈，见着戏靴子攒劲，乐意成全。"

"那我就给他婆烧高香了！"戏靴子老爹立马打起躬来。

"喊！只一件，我算个内荐，你家还得请个大媒人，正儿八经地说事。"

阿婆诈唬完又叮咛起来，大声夹杂着小声。戏靴子老爹唯唯诺诺地点头。

其实，管家婆说得倒也没错，那丫确实与她沾亲带故，她日常也操着些心。近来耳闻目及，知道落花有意，加之戏靴子一向机灵，这段时间又管了山庄的事，阖府上下一片称道，做个顺水人情，一来功德一件，二来亲戚处长脸，三来瞧着戏靴子好行情，何乐而不为？

闻知戏靴子老爹已按其嘱咐请了府里的账房先生去说媒，管家婆便赶先给房里的大娘透了风，大娘又撺掇太太给老爷透了风，老爷捻须首肯，这事便也成了府里的美谈，非成不可了。于是提亲、言礼、会茶，水到渠成，至于换庚帖、投属相，信而不信，不信而信，况且三个阴阳钉不了一根橛，也无关大碍。

吉日既已择定，老爷便传话下来，指使管家张罗着把婚事办了，又嘱咐一对新人干脆上山庄暂且安家，戏靴子也成了山庄的正经管家，那丫则掌管山庄的厨灶。

转眼秋去冬来，主人家大多深居暖屋，成日炭火香茶，轻易不会出门，名曰卧冬。一应大小事务，自有管家、伙计传递张罗。冬三个月，商路上往来的事少了许多，屯住的伙计就多了起来，虽然也难说谁就是个闲人，但毕竟身轻事简，于是吃酒赌博、翻舌烂嘴、寻衅斗狠的事接二连三。每到这个时候，老爷便打发管家请来乡贤等吃个暖锅子，实则是商量耍社火的事。因为社火一动，那些血气方刚、嗜酒嗜赌、惹是生非的人会起劲参与，省得让人成天烦心。这不，上头刚刚放出个音信，王家的伙计以及庄户的好事者就来了精神，有的私下练起了曲儿对唱，有的偷偷起早贪黑练起了十八般武艺，纷纷摩拳擦掌，都想令人刮目相看。

小年一到就是年，天天都是陈规的讲究，送灶爷、扫房尘、磨豆腐、走油锅、贴窗花、写春联，如此等等，忙不胜忙。顽童们不时燃响的爆竹，催逼得小户人家也穷忙不已，真是家无虚丁，巷无浪辈。四野的穷苦人，一旦闻知大户人家放出活计，往往起早赶来卖苦力，晌午时分结账，拿了挣得的细碎银子赶集盘年货。有的财东就瞅准了年关节点，提早谋划活计，故意压低工价，不愁劳力不上门。

符纸是一件大事，那是给先亡宗亲遥寄的孝心，却每每令不通文墨的庄户人家心怀芥蒂。戏靴子的爹就经常提起一件事——有一年大年初二，一个粗通文墨的亲戚来，发现他家先人的符纸误符了，后来走亲串户，结果发现全错了，方知是庄上仅有的一个会符纸的人捣的鬼，那人把别人家的供纸都符给了自家先人，令人瞠目结舌，弄出了很大的事端。

大年三十终于到了，戏靴子今天好体面：他携了干野菜和鹿腿肉，被那丫催下山来给府上拜年，见罢老爷就到了四少爷房中，顺便请四少爷符了纸，并签了"天地三界十方万灵真宰""九天云厨司命灶君"的神位，还得了两副春联。他急急地送回家交与老爹，立马赶往山庄忙活；样样吩咐妥当后，又按嘱咐提早下山，来到府上听使唤。

一到傍晚，哭声四起，这是年俗，系尚在服孝的人家正在接灵。王家祠堂灯火通明，老爷率阖家老少上供拜祖，仪礼之周毫无差池。祭罢，戏靴子并几个打着灯的伙计，伴随少爷们和王家孙辈，依次前往宗祠、土地庙进香上供。回到府里，老爷带领大家四下里走动，张望何方天际更显漆黑。据说，越是漆黑的地界来年越有收成。随后，宴席大开。

按说，大年三十守先人，孝子贤孙得在祠堂看香火。到了子时敬先人，得鸣炮、焚香、献茶、化马，再去土地庙上早香。本家少爷、孙辈或因用酒太过，或因长夜难熬，只剩稀稀拉拉的几个人硬挺着。但府上管家、戏靴子和伙计们到底操心，方寸不乱。

大年初一的凌晨是从厨灶里的忙活开始的。天麻麻亮，阿婆、厨子们便纷纷操持起来，稍后，伙计、姑娘打扫庭除。日上三竿，一切就绪。老爷、太太端坐厅堂，接受一拨儿又一拨儿的磕头祝拜，红包、压岁钱早已备好，满堂祥瑞。用罢年饭，老爷率众人来到府门，会同全府老少迎喜神。今年的喜神方位在东南，是按照喜鹊巢门的朝向确定的。

锣鼓大作，爆竹声声，驴欢马叫，牛羊奔突，各家各户的牲畜披红挂绿，显摆着肥壮和荣耀。忽然，几十匹烈马飞奔而来、呼啸而过，骑手们驾驭娴熟、英姿洒脱，众人发出阵阵喝彩。王府前后，几个来回奔驰下来，便有体力不济、骑术不堪的，也有被甩下马背的，最后决出了前三名，是要奖赏的。戏靴子则拔得头筹、挣得头彩。约定俗成，拔头筹者就是当年的社火头，人人服气，是不宜辞谢的。府上管家凑近老爷低语了几句，便拉了戏靴子上前，从庙官手中揭了牌，挂到戏靴子胸前。所谓牌，看起来是巴掌大的一块木板，实则是一个庄子社火的信物。社火要耍到哪里去，先得打发人去发牌，意在传讯，好让对方预做准备。戏靴子接了牌，也就挑起了今年社火头的大任。

社火头自会催社火。夜幕之下，锣鼓喧天，灯火点点，人头攒动，两个少年稍一装扮便顶起狮子，戏靴子则手擎明灯舞动起来，狮子随之腾挪翻滚，赢得阵阵喝彩。引狮子是戏靴子的拿手戏，毕竟他是个出了名的武把子。随后，他牵引狮子挨家挨户拜大年，那狮子一进谁家的厅堂就跪伏不起，直待主人将打赏的钱、物喂进大嘴才会磕头起身离去。这一圈下来，有钱有酒有肉，好事者就会纷至沓来，社火也就催起来了。社火分马社火和黑社火，马社火在白天，都是戏折子的扮相，装扮者骑马列队而行，也有踩高跷的。黑社火在晚上，文的武的一出出上演，像《正月里冻冰》《十盏灯》《十支香》一类的小曲，《李三娘研磨》《东庄务农》《匡胤送妹》一类的小戏，算是文的；而软把子、刀枪剑棍、耍狮子等，则是武的。庄户人的习惯是马社火要耍，黑社火更要耍。戏靴子今年真出彩，既是黑社火的承头，又是马社火的承头。

大年初三未申时分，马社火开耍，不出庄，就在村里转悠，算是送先人，装扮的都是十分吉祥的戏折子扮相。因为稍后家家提早吃年饭、献年饭，收拾了象征并函寄给宗族亡魂的纸封，一般要送往坟茔跪化。当天晚上则是黑社火上演，也不出庄，先是敲锣打鼓前往宗祠敬香、丢伞曲，然后拣了个大场子开耍。俗话说，社火要出庄。社火一旦出庄，人人用心，一下子就周正了。大年初三一过，社火便要耍出庄了。

正月初四，响午时分宗祠里就热闹起来了，大家七手八脚地准备马社火，装扮的、催马匹的、扎绑高跷的、跑腿打杂的，人人都忙得不亦乐乎。戏靴子除了运筹调度外，因为懂戏，还要与其他几个戏精选定戏折和出戏的身子。恰在此时，有意外的锣声传来，由远而近，直入宗祠。有人认得，来人系董家坪人，专门前来发牌——董家坪的社火来耍了。

其实，遇到这种事，原不影响本村的社火出行，自有庄村当值的会长接待。但因董家坪的社火起身早，加之是今年头一拨儿外庄的社火来耍，大家一合计，干脆看完了再出庄。

会长早已组织人在庄外的路口敲起锣鼓，专门迎接。不多时，也传来起伏的锣鼓声。紧接着，远远的半道上转出猎猎锦旗，随后高跷在前、马队在后，社火进庄了。依例由本庄的锣鼓队在前导引，沿庄村的大街小巷巡游，路边的宅户均在门前、院前跪焚香火纸钱、燃放炮仗迎送，意在酬神化煞，因为装扮的角色非神即怪、非吉即凶。

也是外行看热闹，内行看门道，熙熙攘攘之中，懂行的人们开始聚集，推敲起"亲戚"耍来的戏折来。十里八乡，相互嫁娶，称呼外庄人都叫亲戚。之所以推敲起戏折来，是因为耍来的一折戏，从扮相、装束、道具看，戏角分明是王莽、姚期、马武、杜茂、岑彭、邳彤、邓禹、刘秀，合起来就是《捉王莽》。庄上本是王姓宗族，犯了王姓的大忌，算是大冒犯了，如未发觉，就是欺你全庄无人。

这还了得！一传十、十传百，人人义愤、个个咬牙。导引的锣鼓戛然而停，亲戚的仪仗被飞奔而来的彪形大汉劫掠，扔来的炮仗在马队里炸响，马匹惊窜，乱作一团。更有妇人孩童端来灶灰一把把抛撒，大、小会长也将筹来的冷盘果馔一齐倾向来客。只是尊长有约禁，尚未过分伤及牲畜人身。对方抱头鼠窜。

经此一番，非但怒火未熄，议论纷纷之下，庄人更加炸开了锅。带头的紧急密商，接着全庄动员，宗祠内外挤得水泄不通，人声鼎沸。

骏马嘶鸣，高跷威风，社火队浩浩荡荡耍向董家坪。也免了发牌，装扮者个个腰缠凶器，"白骨精"手中的双剑、"关云长"手中的大刀等，都换成了寒气逼人的真家伙；牵马者钢鞭在手，踩高跷者长杆在握；又特意召来全村的枪铳手，枪铳在肩伴护而行。老人、孩童、手脚迟钝者一概不许跟从。明里是来耍社火，实则是兴师问罪，杀气腾腾令人生畏，来势汹汹专为挑衅。至于亮相的戏折，则是格外装扮了一出《凤仪亭》，那是司徒王允巧施连环计，激将吕布诛杀董卓的戏，而董家坪全是董姓族人。董卓身死，司徒王允是设局者，足见川王寨戏耍董家坪真是到家了，实可谓来而不往非礼也！

董家坪庄大人杂，一些人家与川王寨有姻亲，尤其外甥辈常以川王寨的舅家为荣，平日里言语桀骜，结下许多心结。今日首场社火出庄，外甥们便像往年一样，执意要先耍到娘舅家。庄上的几个刁人因为久有积怨，心气难平，便上下其手，在装扮的身子上做手脚，料定可以蒙骗过去，即使被发觉，也是跟耍而去的"外甥们"难堪。况且川王寨人看在外甥辈的情分上，断不会弄出大事来。外甥们也大意，只顾欢闹，无人料到会被如此使坏。如今社火砸锅，大家狼狈而回，更是怨气冲天，暴跳如雷，满庄里找寻下黑手的人。那些做手脚的也不是善茬，一场冲突就在眼前。族长、乡贤悉数惊动，明知理亏，公论纠举祸首，家法伺候。也有人指责王家外甥们的平日言行，声言对极其狂傲者应一律施以家法。

其实，川王寨也有不少董家坪的亲戚，遇上这遭事，左右为难，老成些的，只是在事端乍起时尽力央求尊长们约禁庄人别太过火。闻知本庄的社火要去报复，便有几个人早早溜到董家坪通风报信。

擂鼓天响，号角彻鸣，川王寨的社火直抵庄前。董家坪导引的锣鼓在低鸣，少了看热闹的熙熙攘攘，只有几个族长、乡贤在谦恭地迎接。街巷空空荡荡，大队人马如入无人之境。社火被导引到宗祠，鼓乐停歇，只见院里摆满了酬谢的果馔酒肴。招呼迎迓的人则满脸尴尬、万分小心。几个少年被五花大绑，跪伏于宗祠阶前。戏靴子等一应耍社火的人被约请到后堂，茶叙良久。

鼓乐再次大作，枪铳手们凛然列队，纷纷朝天鸣放。社火歇罢起身，原路返回。董家坪的锣鼓尾随在后，敲打声稀稀拉拉，一路相送，直至庄外。

原来，得知川王寨的社火立马要来报复，董家坪的族长、乡贤就万般禁约，叮嘱大小庄人断然不可造次，再三提醒理亏在己，咎由自取，如今来者不善，只得善图良策。首先将几个肇事者捆绑在宗祠，以正家法，也算是给川王寨人一个交代。透来的风、报来的信十足恐怖，吓坏了庄民。一些不信邪的汉子偷偷窥视，果然看见来耍的川王寨人阵仗森然，也就龟缩不动了。不过，许多董家坪人获悉川王寨尊长临事禁呵，把握分寸，还是激发了一种感念。

整整一正月，黑社火、马社火你来我往，轮番上演，夹杂着欢心与揪心、和气与斗气、崇礼与轻礼。转眼正月将尽，贪耍的人们也该收心了。戏靴子召集社火班子商议谢将的事。所谓谢将，就是婉谢神灵，因为无论马社火还是黑社火，所扮所演牵涉神怪灵鬼往世忠奸，据说如不辞谢，鬼魂久滞淹，于扮相者极不顺吉，于参与者及庄舍村落亦不顺吉。那天晚上，黑社火耍了大半夜，然后在城隍庙燃起篝火，所有黑社火、马社火的装扮者、参与者一一跳过篝火，算是完整收官了。

雪消冰释，东风拂面，北上的驼队该出发了。戏靴子奉了老爷的命，协同三少爷北去打理皮货，言明首批货物一齐全，就由他先期押运返回，因为山庄上也离不开他。临行，他将山庄的大小事务分拨到人，并提醒大少爷适时派人查纠。纵与那丫新婚宴尔，也只得依依惜别。

不料，塞外之地倒春寒，暴雪持续，出货、入货都备受阻滞。千难万磨返回时，已临近五月端阳了。

随着驼队愈发接近川王寨，碰到的熟人就愈发多了起来。令戏靴子诧异的是，见了他的人都有些眼神异样，只是应付着搭言两句就匆匆走开，有的还不时回头观望。

确实出事了，并且骇人听闻！

自从戏靴子走后，山庄上十来个伙计各忙分内的活计，大少爷也不时打发人来传话、查纠。不过，那丫还是多操了一份心，这于情理之中也很自然，毕竟是丈夫的一摊子事。

有一天晚饭时，牧羊的小豆子和小黑子咕叽个不停："怎么左数右数，总是少了一只羊？"

"数错了。"

"撑死了。"

"狼吃了。"

伙计们你一言我一语，打趣着稚气少年，无正形，只一味戏谑。那丫也没在意，只是询问有没有遇着狼，叮嘱明早出圈时再仔细清点。

岂料第二天晚归，小豆子和小黑子恐慌起来："不仅昨天少了一只，今天又少了两只！"

"没碰着狼吗？"有伙计问。

"还真没见着狼，见着了我们俩也不怕！"少年争辩着。

"不是怕不怕，要是一不留神让狼给叼走了呢？"那丫郑重其事地说。

"昨天少了一只，今天我们俩就一味地用心。把羊群放到鹁鸽滩，黑子站在刀背隘，我站在石门槛，专门瞭哨狼和鹰，一直没啥事，结果收群时反倒少了两只。"小豆子急急火火地说着，小黑子则随声附和。

这倒令人诧异起来，难道被啥人偷了去？

午饭一过，稍许身闲，那丫挂心着两天来短缺羊的事，便顺手抄起一弯镰刀，朝峡口走去。

顺溪而下，一路绕行，不多时就到了峡口。边走边四处瞭望，总是不见羊群，那丫便过涧跳坎，径直入峡。这是一道狭窄的石峡，壁立千仞，怪石嶙峋，折转跌宕，颇有景致。前段时间，那丫时常跟随伙计们入峡，采药寻菜，放羊牧牛，熟悉了被伙计们称作喇嘛山、石门槛、扁食隘、中嘴隘、刀背隘、鹁鸪滩、阎王爷挂犊子等玄妙胜景。一个人穿行在幽深的峡谷，难免会心生怯惧，况且那丫是个弱女子，她刚转过中嘴隘，耳边就传来了小豆子和小黑子吆喝埃娃娃的回声：

"埃娃娃——娃娃——娃，你吃恰嘛我吃恰——我吃恰——吃恰——恰……"

回声嘹亮，响彻峡谷。

那丫的心怯一扫而光，一下了高兴起来。她明白这是两个小冒失既耍玩又壮胆，还能吓退野兽，警惧不怀好意者。

转弯抹角瞭望，只见羊群正在阎王爷挂犊子的石崖脚下散放，小黑子和小豆子分别骑跨在半崖斜挺的石柱上，一会儿放歌,一会儿吆喝,遥相呼应。瞭见那丫爬坎涉水而来,二人老远就传送着招呼声。

"快下来!太悬了,没听说那些石柱子是阎王爷爷挂犊子的吗?"

那丫气喘吁吁奔到崖下,心急火燎地大声疾呼起来。可两个少年全然不顾,笑嘻嘻憨兮兮地变着鬼脸。那丫无法,只得坐在一块巨石上歇息,一边与两个少年闲聊,一边欣赏散漫的羊儿吃草。

羊群三三两两、稀稀拉拉地在峡谷两岸的缓坡上觅食,瞅见有太离群的,小豆子或小黑子会远远地抛出石块呵斥聚拢。那丫歇息良久,乏气顿消,一个念头闪过,便立起身来,沿谷慢行,指指点点,念念有词:"一、二、三、四……"计点起羊的数目来。两个少年也不是很在意,只是一味地对山歌,你来我往,正在尽兴,忽然传来那丫的尖叫声,其声惊悚惨烈,吓得两个少年哭叫着滚爬下来,转岩披荆,循着叫声搜寻而去。临到跟前,惨叫已息,却发现极其恐怖的一幕:只见两条巨蟒扭动着身躯,一条蟒口中还露着那丫的半截腿脚,另一条蟒口中则露出两只羊角。两个少年魂飞魄散。

待到戏靴子回来时,这桩奇祸已传得神乎其神,老爷、少爷失了方寸，手脚大乱。很显然，峡里出事的地方在不远处的峡口，西汉水就在峡口前横淌而过，对岸刚好是青龙观，观隘端底正是青龙洞，实际上为巨蟒盘踞，肇事者必是观隘端底的巨蟒无疑。民众惊恐，观上的道士们更是不分昼夜地打醮祈禳。除此之外，如何是好？也有民众与道士争辩："青龙是天地祥瑞，断然不会伤及人身。蟒蛇就是蟒蛇，何必装神弄鬼？戕害日甚，不知哪天也会殃及道士，或者吞噬了道长也未可知。"道长、道士争辩不过，大约也心虚，只是唯唯诺诺地纠正道：

"即使是蟒，也是太蟒，不可谓之'巨蟒'，更不可以'蟒蛇'相称。"

总算掠去了青龙疑云，蟒蛇罢了！只是人间天上的青龙观与芸芸众生的凡尘达成了妥协，敬呼其为太蟒，算是凶神恶煞一类。

连日来，戏靴子失魂落魄，就像行尸走肉一样，要么默不作声不知何往，要么神情木讷四处晃悠。那天，听说被老爷叫去，商量了好半晌的事，出得门来就径直上山庄去了。

从此以后，戏靴子每隔几天都和山庄的伙计牵上两只羊，到青龙观前的观隘端底宰杀。道士作法，众人击鼓鸣炮，连毛带皮扔向太蟒洞，并一齐呐喊：

"太蟒太蟒，张口张口！"

太蟒消停下来了，也再没听得伤人，也再没见得出洞。

灵幡高扬，钟磬齐鸣，观隘端底打醮焚香，二十四分黄经打醮开诵，青龙观的道士们分班祷祝，超度幽邪。与此同时，太蟒洞前不远处，巨石筑灶，两个碌碡悬空而置，其下火焰烈烈，戏靴子带领十几个壮汉忙碌地转运着柴火。三天三夜过去，法事到了搭桥的仪轨，壮汉们将通体炙热的碌碡撬滚到太蟒洞前，道长仗剑起舞，念念有词，忽然厉声高呼：

"太蟒太蟒，张口张口！"

众人齐声附和，碌碡顺势滚入太蟒洞，两个洞口立即冒出焦煳的烟气，夹杂着非同寻常的响声。

过了些日子，戏靴子约了几个胆大心实的人，硬是将两条蟒尸拖出，开膛破肚，据说掏出了许多指甲和毛发。

乱世杀打

王家的商路忽然不顺溜起来。起初，马队、驼队总是频频耽误行程，远来的掌柜、伙计对商路之险个个谈虎色变，雇请镖局、联系官府，打点用度自然成倍地叠加。即便如此，被劫被掠的事也接二连三。几年下来，王家的生意凋敝了许多，马队、驼队一年里走不了一个来回，二少爷更是长时间淹留在家，显现出坐吃山空的光景来。

偏偏近处盗贼蜂起。开始时只是小股掳掠，官府尚能缉捕弹压，渐渐地有了气候，明火执仗起来。据说五十里开外的地方，出了个白老七。一日午睡，白老七小妾偶然入堂，却见一头肥猪酣睡在榻，不禁惊叫起来，定睛再看，却是白老七惊觉坐起。白老七见之责怪呵斥，小妾慌中生计，言称："适才分明看见一条黄龙卧眠在榻，贱妾惊吓出声，那黄龙忽又化作老爷。"白老七一听，心中暗喜，重赏小妾，一再叮嘱不许声张，但可私语秘传。从此，白老七就野心在胸，做起了皇帝梦，加之祖上有些余财，散播之下聚了些喽啰。适逢天下纷乱，竟然能称霸一方，令官民畏惧。

川道里的大户自然是白老七垂涎的摇钱树，对王家更是念兹在兹，绑票、勒索不断。滋扰之下，大户们纷纷筑城抵御，王家也不例外。无奈城防非一日之功，加之劳民伤财又明着是示弱于贼，贼匪也就愈发猖獗。

世道纷扰，生计颠簸，王家老爷不堪其愤。官府也时常登门，托言集资剿匪，实则与勒索无异。虽然千金靡费，但只见兵马来往，不见追匪杀贼——屡次匪患逼来，旗营也龟缩不动，令人心寒。这一次，又有驻防的官长到府，老爷便横心不顾体统了，责怪官兵出而不击、游而不战，甚至危急时刻按兵不动，致使贼匪有恃无恐，贼患愈演愈烈。官长只是一味责怪上司掣肘，加之贼匪出没飘忽，战机实不易得，再者军资上也有些不济。老爷无法，答应不吝赞助，但要军民配合，联手唱一出请君入瓮、瓮中捉鳖，官长满口答应。

成事在密！王家老爷自从与官长定下计策，便白天黑夜地谋划于心，却守口如瓶，凡事只与大少爷、二少爷商议，与官长的沟通也只通过大少爷一人，严防机密外泄。但王家老爷日思夜想，总感到有些不踏实，便唤来戏靴子商量。这几年下来，老爷很感佩戏靴子的胆识，况且这件事迟早要向戏靴子和盘托出，因为与官兵里应外合，到时戏靴子还得挑大梁。

经过那丫的惨祸以及痛杀太蟒的壮举，戏靴子在方圆百里留下了侠肝义胆的名声，他本人却因深怀着挥之不去的痛楚，老是不苟言笑，十分沉稳持重。这些年，世态动荡，生计艰难，主家多事，他便不时给老爷、少爷建言，将许多伙计拨派到山庄，扩充圈舍，孳息养殖，垦荒种地，以备万一。今日老爷特意打发大少爷前来传唤，他就觉着有些不寻常，来到府上，听了老爷透出的机密，果然颇感意外，思忖了半晌，说道：

"听说白老七好耍滑，打家劫舍往往只派手下兄弟带领人马去厮杀，他则深居不出以防不测。不如预先暗伏，待人马离巢后，来他个连窝端。"

戏靴子话音一落，老爷、少爷深表赞同。几个人密谋了好长时间。最后，老爷叮嘱道："鉴于这一步不需官兵助力，为免得自寻麻烦，也为机密起见，此计万不可给官兵透露。"

从山庄出发，翻过香炉鼎，脚下就是红崖沟。放眼望去，一马平川，铺陈延展，西汉水沿川道蜿蜒。正是麦黄下镰的季节，戏靴子一行四人，全副麦客的打扮，奔往下川里去打场。下川里的麦子早熟，所谓六月里忙，绣女请下床！麦收大忙的节令，庄舍无闲人，远近地方尚未开镰收割的庄稼汉，纷纷赶去打场卖苦力。戏靴子他们脚步不停，一路直抵五十里开外。日正午后，川原坡岭麦浪如潮涌，一片灿黄。抢收的人们挥汗如雨，阵阵山歌亦远近起伏，倾诉着苦与乐，撩拨着情与恨。有人瞅见刚来打场的戏靴子一行，不多时就言定了工价，延至其家草草吃完午饭就上了地头。不时遇到手持刀枪巡哨盘查的人，虽穿戴不一，但扎绑紧束。看来他们对麦客也不过分留意，不过也提醒着戏靴子一行：此非等闲之地。

四人聚散不定，在十里八村打场将近半月，或听人闲聊，或故弄话题，或留心观察，总算摸清了白老七一伙儿的底细。原来，白老七手下的人，多数是附近的闲散之辈，追随白老七喊打喊杀，为的也是分得些劫掠来的财物。只是白老七有约禁：不得在方圆二十里内下手。乡民们虽不齿，但情势所迫，只能睁只眼闭只眼。有一批骨干护从白老七左右不离不弃。前些年渐成气候，动辄啸聚后山旷野，操演谋划，明出暗入，行迹无常。近年来更是无所顾忌，放哨设岗，劫掠无数，杀人如麻。虽遇几次清缴，官兵竟然裹足不前。至于白老七本人，对官府威逼利诱加蛮力抗衡，对乡民略施恩惠加盘剥无度，也时常眷顾家室，是以大摇大摆，来去自如。

戏靴子回来后，将所有见闻细述一番，与老爷、少爷密不透风地商量再商量、谋划再谋划。忽有一日，官长造访，密告王家老爷："探马来报，白老七正聚拢贼匪，不日将来上川劫掠，王家在劫难逃！"老爷立即召集阖府上下，明言相告，趁夜打发妇孺暂往山庄避祸，迎纳官兵入驻外宅周遭埋伏，多数家丁、伙计沿尚未完工的城墙巡守，其余悉数撤入内宅。大小厨子整日忙活，专供官兵及其余人等饮食。老爷正坐厅堂运筹，少爷、管家里外统御衔接。如此已过三日。

戏靴子得信，立马召集山庄手脚利索的伙计三十多人，套起马车十驾，以口袋麻包装载杂物，暗藏刀斧，零零散散驱往下川里接近白老七的地盘会齐，自己则潜到王府对面的半山密林窥视。

月明星稀，初夏的夜晚凉风习习。已到子丑时分，戏靴子身旁的骏骥忽然烦躁起来。接着，庄户院落犬吠声大作，夜半的静谧霎然被划破。转眼之间，山下火把通明，喊声四起。戏靴子立即翻身上马，径直朝下川里奔去，边跑边寻思：白老七果然狡诈，这次是变明出为暗出，分头摸进，忽然集结，也算用心到家了。

明月朗朗，马蹄疾疾，戏靴子瞬时就接近白老七地界，来到与伙计们的接头处。大伙儿急切地商议一番后，个个更换衣衫、绑腿扎袖、操刀持斧，俨然一群白老七属下的劫匪。有伙计忽然悄声问：

"要是白老七也一同去打川王寨咋办？"

戏靴子笑道：

"白老七要去了川王寨，管教他有去无回，咱们乘势也端了他的窝。"

"说不定正等着咱们送财宝上门呢！"另有伙计揶揄道。

闻得贼匪喊声四起，王府在城垣上的家丁、伙计便严阵以待。等贼匪齐聚垣下攻城，一声炮响，乱石俱下，来匪应声惨叫，纷纷后撤，乱嚷乱叫，听得出在调兵遣将，不多时便弓弩齐发。毕竟贼势汹汹，加之城防未竣，家丁、伙计便有些左支右绌了。恰好宅内传话，依计而行，大家装着抱头鼠窜，慌忙从城垣撤下，转入内宅，吆喝着紧闭了通往内宅的各个门道，气喘吁吁，露出十分惊恐的样子。劫匪们见状，胆气十足，爬垣越墙突到外宅，四散架弩搭梯，正要攻破内宅，忽然炮声震耳，暗伏的官兵赫然而出，唬得贼匪惊魂乱窜，内宅的伙计也一齐杀出。血肉横飞之下，贼匪阵势大乱，唯恐逃命不及。恰逢此时，忽然宅内火起，里里外外顿时乱作一团，官兵、家丁无暇顾及，残贼剩匪纷纷夺路而逃。火势迅疾蔓延，好几处屋舍烈焰冲天。官兵得了令，一齐救起火来。烟火逼人，许多人跟跄躲闪，一片大乱。

再说戏靴子一行有说有笑，大摇大摆地向前进发。哨探闻风而来，手执火把拦道盘查。戏靴子厉声喝道："爷爷去上川里杀人回来，车上拉的都是金银细软，想活命的赶快带路，我是被头头先打发来报功的。"

喊话当头，两个伙计凑上前去，故意展示头脸上、衣服上、刀斧上溅满的血污。哨探又惊骇又欣喜，二话不说，转身引路，一路畅行。虽然沿路的哨探一拨儿接着一拨儿，但瞧见前沿哨探高擎火把领路，押运车驾的壮汉一个个气壮如牛、血迹斑斑，又得知是凯旋报功的，不禁肃然起敬。其实，那些血污只是伙计们临时宰了预先准备的公鸡，取血相互泼洒伪装的。

走街过村，足足一个时辰，戏靴子等人来到一处古槐参天

的巨宅前。明灯高挂,散匪游徒三三两两,似在警戒,实在瞌睡打盹,逍遥懒散。戏靴子断喝道:

"不成体统!大队人马人困马乏,立刻就到,统统跑出庄外接应去!"

贼匪们晦暗不明,但被来势吓倒,一个个相互召唤,猫着身子开溜。

人马车驾直入院内,戏靴子嘱咐引路的哨探将宅内犄角旮旯持械警戒的散匪喝出门外护卫,就说是要给大王献宝奏功,不许放进一人。也不管贼匪们是否听使,伙计们将随车带来的十几挂鞭炮一一竖起,齐呼:"得胜归来,向大王道喜!"

顿时鞭炮声大作,硝烟弥漫,尚在迟疑的贼匪不再犹豫,纷纷出门警戒。后院里转出一大伙儿醉醺醺的人来,拱手迎谢,示意戏靴子进后院深宅见大王。转入夹道,戏靴子咳嗽一声,三十来个伙计一齐动手,三下五除二就结果了这伙儿人的性命,轰鸣不息的炮仗声将砍杀声和惨叫声遮掩得声息全无。

白老七自从起事,顺风顺水,越发做起了皇帝梦,加之受身边的高参不时进言献策,他也就格外惜身,从不亲临厮杀。大小喽啰深信黄龙感应的秘闻,加之受邪说蛊惑,甘愿听遣,十分卖命。今夜的劫掠,白老七只分拨手下的几员干将前去,自己则改换居所，与宠妾把酒言欢。闻得探马瞭哨报称已有先遣归来的献捷者，宠妾便连连进酒赞贺，待前院炮仗报捷时，上下已酒酣耳热，一片醺醺然了。忽见一伙儿身上溅满血迹的壮汉手执甲杖闯入，一应人等酒醒了一半，慌乱中惊叫连声，瘫软在地，一个个做了刀下鬼。戏靴子立马招呼伙计们分头放火，值钱宝物顺手夹带，趁乱混迹而走。

冰轮斜挂，一路绕行，不时有败归的劫匪怨声经过，戏靴子他们或暗伏起来，或干脆装作劫匪倒伏在路旁呻吟，却也相安无事，只是心中窃喜。眼看天将放亮，戏靴子他们便避开大路，抄小道疾行。川王寨已近在眼前，弥漫的烟尘和刺鼻的焦味令人不安起来。

眼前的景象大出意外：王府大宅被烧得一片狼藉，连带着庄户的许多人家也着了火。残砖败瓦下，尸首横七竖八，官兵和伙计无影无踪，只有四少爷在府院的水井旁含泪伴守着僵卧在侧、已是奄奄一息的老爷。见戏靴子一行归来，老爷睁开双眼，抬手拉住戏靴子，大声喘气，连呼两声："山庄，山庄！"接着表情顿变，溘然而逝。

四少爷抹着泪讲起来：

"昨晚后院内宅起火就很诡异，不是一处先起火，几乎是四处同时起火，像是大管家带着几个家丁和官兵里应外合。当时有伙计拉住我说，大少爷、二少爷同大管家和他的几个随从正在争执打斗，一队官兵过来，不容分说将他们都杀了，要我提防着官兵。我就四处躲藏，眼瞅着官兵根本无心救火，一心只在搜罗钱财上，将大小屋舍都翻了个遍，见到府里的人无不赶杀，然后就撤走了。"

其实，旗营的官长早就觊觎王府的钱财了，想借剿匪之机顺手牵羊，为此与大管家勾结已久，约定到时纵火生变，以为内应，事后钱财均分。暗里却吩咐下去，待火势起时，借救火之机将大管家及府内人等悉数戕杀，以绝后患。阴谋既已得逞，官长便表奏上司，言称剿匪大捷，只是贼匪声势浩大，致使王家宅府焚毁被劫，托言刁民难防，并以劫取的巨财贿赂上司，邀功后调往别处。

大乱居野

天下愈发纷扰，世道愈发离乱，匪贼愈发猖獗，百业凋敝，灾害连连。王家与匪道上的人结下了梁子，只好遗弃川王寨。三少爷身处口外，这些年商路断绝，音信全无；四少爷勉为其难，率领阖家妇孺在山庄上过活起来，全凭太太做主、戏靴子撑持；流散出去的远近族人也陆续聚集，好在塆大坡长，垦荒种地尚可维持。为求自保，众人在下沟口的险隘上筑起了堡子，短期内突击成形，然后排班修缮，经常加固。

忽有一天，随三少爷远赴口外的三个伙计颠沛而来，触景生情，唏嘘长叹不已。伙计递上书信一封，四少爷急忙打开。

但见：

二老大人安康！

儿在外，经营异常险难。商路阻绝，音信迟滞，必劳二老挂心、家口牵念。时局动荡，四方扰攘，故土必然不宁。兄长宜早做筹谋，多往山庄投劳，以备不虞。儿暂驱三人往探，路途遥远，窜匪出没，亦不知何日顺抵。所携之资，实属不易。书不尽言。

顿首垂泣

堂安

落款在两个月以前。

四少爷将书信内容略讲一番，自太太起，阖家大小，无不垂泪。

听来人讲一路险象环生，遇到匪患肆虐之处，只好昼伏夜出，即便如此也好几次误入贼穴。有一次情急之下将携带的贵重物品埋在了野外的沙丘下，三天以后才辗转取回。南北商路不通，三少爷便跟大伙儿商量着另辟商路。无奈众人对东西向的货品转运路径生疏，并且早有其他商家把持，才运一起就惹下了麻烦，破费不少。现如今三少爷在别人的号下当脚户，勉强维持着，唯愿贼匪平息后，能恢复旧日营生。岂料府上遭了大变故，再去口外已不知如何回禀。

叙话良久，凄婉非常。太太又问了好些话，三房的家人哭哭啼啼，逗留徘徊半晌。

戏靴子整日忙活着，人们悉数上了山庄，缺屋少舍，得就地取材尽早起造，起码得安置好东家的大小妇孺。其他人只好各自搭茅舍、挖窑洞暂栖。东家原处深宅大院，时下浅屋低檐、拥挤不堪，尤其是大少爷、二少爷丧了命，家中的姨娘、仆人便有些不安分起来，成日里吵吵嚷嚷、出出进进，瞧着也不像个样。太太、四少爷至今惊魂未定，也顾不了许多。戏靴子只好一味地约束伙计、下人等，万不可造次生非。贼情日甚一日，大家一心一意加固堡子，搬运抛石滚木，哨探四处打听，倒也少了许多是非。

自从川王寨与贼匪开火，白老七又身死巢毁，贼匪势力大减。但虽斩草，却未除根，加之岁乱年荒，小股的贼匪还是不时出没，渐渐地又有了些气候。王家有人从口外带了财货来，虽很隐秘，但纷纭攘乱，消息不胫而走。贼匪啸聚，本为劫财，闻得此信，哪有不动念头的？加之下川里残剩的贼匪无不记恨于王家，便四处串联，小股的贼匪纷纷聚拢，密谋合力剿杀王家，掠取钱财均分，下川里的贼匪则明言不取分文，只为报仇雪恨。

一日深夜，忽然锣声急起，此系哨探报警，说是贼匪几十人，已到红崖沟前，正在翻越香炉鼎。大家一听，慌乱收拾，肩挑手提、扶老携幼急向堡子奔去。戏靴子给家里交代一番，带了人急奔东家，安排东家的老幼撤离。

本来，戏靴子的两个兄弟催促着爹娘已经动身夹在人群中奔往堡子，无奈戏靴子老爹犯起了烟瘾，想起情急之中忘带了烟土，便乘人不留意，夜幕下于小道摸回，展卧炕头过足了瘾，浑身酥软起来。又寻思自己一个老汉家，贼匪又能奈我何？干脆悠然而睡。堡子里人杂，老人们安顿着孩子，青壮年们准备着御敌，乱哄哄一片，还有人不断赶来，顾不上寻谁找谁。

贼匪们进了庄子，发现空无一人，知道都躲进堡子去了，便挨个在稍微像样的屋舍院落里搜寻，没发现值钱的物品，更别说金银细软了。气急败坏之下，贼匪便到处搜找牛羊牲畜，怎奈圈舍空空如也，显然不知被赶往何处隐藏了，只在一口窑洞旁发现了两只拴绑着的奶山羊，便立即宰杀，架柴火炖羊肉，搜寻米面准备饭食，想着吃过夜食后再做打算。

恰在此时，有贼匪发现了戏靴子的老爹，大吼一声，一个个贼匪举着火把齐刷刷奔来。有个匪首厉声呼喝：

"你个老不死的，赶快起身带路，往你东家藏货的地方走！"

说罢便手起刀落挥向炕沿，众匪一齐呐喊呵斥。

戏靴子老爹慢慢坐起，毫无胆怯之意，倒是不无幽默地说："老汉我走不动了，闻着有羊肉的膻味，炖好了给我端一碗。"

匪首一听，暴跳如雷：

"老驴不想活了？"

只见戏靴子老爹慢悠悠地说：

"后生，要不就像刚才宰羊一样结果了我？"

匪首被激怒，一刀捅去。可怜戏靴子老爹上了年纪，又好一口大烟，血气早已枯萎，没扑腾几下就丧了命。贼匪们骂骂咧咧，掉头而去。

庄上也有胆大顽皮之人，夜幕之下四处躲藏，暗察贼匪动静，意图伺机偷袭，发觉戏靴子老爹被害，便摸上前面的山巅，隔空喊话报信。戏靴子弟兄三人闻知，个个目眦尽裂，就要下山报仇。众人着慌，强行按住不放。戏靴子老娘一边哭喊一边死死抱住戏靴子的腿不松手。看看无法挣脱，戏靴子便冷静了些，叮嘱大家备好御敌物料，严防贼匪上山攻打堡子，自己则托言要四处察看，方得走开，却乘众人忙乱，随手抄起一把马刀，沿堡子的斜垣滑下，径往山下奔去，待身旁的人发觉，为时已晚。

深夜一片漆黑。戏靴子摸进庄舍，循着嘈杂声藏身而行，渐渐靠近，原来贼匪正聚在四少爷的书房场子吃夜食。戏靴子便故意跳向巷道，在墙院门前一闪身子，随后叫骂起来。听到叫骂声，立即就有几个贼匪持械追来，戏靴子撒腿便跑，因为熟悉庄舍的边边角角，逢着能隐伏的地方就潜藏起来，待贼匪一个个从身旁赶过，便急切起身扑向最后跟跑的贼匪，马刀飞砍，贼匪应声倒地，然后戏靴子又在后面放声叫骂，贼匪掉头再追。戏靴子如法炮制，已连毙三匪。

这时只听有贼匪声带哭腔叫喊道："不要再追了，已放倒了三个兄弟！"

贼匪们怯惧起来，转身奔回，急给匪首上报。恰在此刻，从庄舍周围不同方向的几个山塆里传来吆喝声，似有多处人马杀来。贼匪们不明就里，心虚起来，立刻撤离。

原来，这是大家怕戏靴子有闪失，分几批四处虚张声势以扰贼心，贼匪果然上当。

折腾了一夜，天已放亮，庄人将杀死的三个贼匪抬放在堡子前，开膛破肚，挖出心肝肺用来祭旗。其实那一杆杆彩旗都是宗祠祭祀用过的，如今飘展在堡子上空，倒是增添了许多肃杀感。祭旗完毕，草率葬埋了戏靴子老爹，三具匪尸则就地掩埋在堡子前，说是若有贼匪敢上堡子来犯，就指给他看，保管让他们胆战心惊。

此后，也有贼匪不时来骚扰，但毕竟有些怯懦，每逢对峙，迟迟不敢近前。十几里外的一个庄子却遭了大殃，据说是疏于防范，贼匪半夜长驱而入，惊吓之下，青壮年纷纷逃窜，妇孺则尽落贼手，奸淫掳掠，骇人听闻。几个有血气的追杀了两个贼匪，引得贼匪回头来报复，竟然将掳走的婴儿一齐残杀了。

戏靴子与大家再三商议，用从下川里得来的部分银两，外加东家的添补，贿赂州府老爷，拨来一门狗娃炮，几经调试，颇有威力，冠名"大将军"。贼匪们领教了一番，便打消了来犯的念头。也是世道荒唐，有时人们白天赶集，便听有人隔空喊话："今晚去抢安家庄或李家坡。"或许是正人君子漏信，或许是贼匪递信借道，但第二天一打听，确实话不虚传。有几次，贼匪一上红崖沟就高喊着是去往别处，不会相扰，请求不要放炮。大家严阵以待，贼匪却沿梁而过，并不逗留。

等到匪患趋缓，大家便一边提着警觉的心，一边忙活起生计来，开荒垦地、修路搭桥、收拾圈舍、抢耕补种，各忙各的。四少爷毕竟是读书人，总要给山庄起个正规的雅名，想叫个云上寨，取其高险之意；或者叫个垮窜里，取其地形多垮之意；或者干脆叫个山王寨，以示其与川王寨同源。斟酌良久，四少爷召集几个管事的商议，大家七嘴八舌也没个定夺。四少爷开玩笑说：

"这个山庄，几个山头一般平，商量个事不容易。"

还是戏靴子的主意好："去叫太太定夺！"大家一致同意。

遭了这么大的变故，太太实在是硬撑着，瞧着成日里围绕膝前的婆娘媳妇，尤其大少爷、二少爷房里留下的寡居妇人，只是暗自叹气，不思茶饭。有时想起为了王府牺牲的人，也就强打精神，给儿孙媳妇们鼓劲。见四少爷领着戏靴子一行为起庄名的事讨个主意，太太倒有话说："世道乱了，全都为了逃生，亏得先几年盘下了这个山庄。依我看，起个不起眼的名最好，庄啊村啊的都不要叫，原本是一片草滩子，就叫个草滩算了，免得又招惹人。"

大家一听，感服太太用心良苦，纷纷赞同。

从此，王家山庄正式定名为"草滩"。

自打川王寨遭难，落脚草滩以来，两位少爷留下的几个小妾便很让人揪心。尤其二少爷房中的三姨娘，年少心活，似有不甘寂寞的意思，一段悲戚过去，看着便有些轻佻起来，虽素衣加身，梳洗打扮却十分精致，略施粉黛，举手投足别有一番风韵。起初因贼害频仍，尚不显眼；如今稍感平息，便有些外露，引得闲言碎语不断。二房的大娘看不惯，告诫了几次，也是东说东来、西说西去，有时还反唇相讥，放出些不三不四的话。太太精力不济，四少爷文弱又兼叔嫂避嫌，只好将就着。

三姨娘确实心有所动，也有属意之人，她早就瞄上了戏靴子。戏靴子平日里看着就俊朗麻利，三姨娘没少为他留心，这几年件件事情下来，越发觉得他英气逼人。乱世浮萍，忽然挤在这山野片瓦之下，好在浅屋朗院，禁不了足，朝夕能瞟见戏靴子的身影，便心绪稍安。但日思暮想，难免情愫荡漾。

这日午后，三姨娘算准了，老早就一个人提了竹笼去挑菜。自遭逢劫难上山以来，王家的媳妇、女佣闲暇时候去塆里挖野菜寻柴火早已司空见惯。三姨娘独自出门，起初只在对面的坡上挑拣，慢慢地就转到后塆，不引人经意了。其实，她转悠着就来到一个叫马高塆的地方，那里已远离庄舍，算是后山了，但她却不紧不慢，搜集采摘了一大束各色野花，精心地扎绑起来。原来，今天是戏靴子老爹遇害两周年的忌日，附近正是老人的坟地，他家人一定要上坟祭奠。三姨娘今天横了心，决意要给戏靴子当面表露一番。

果真，戏靴子及两个兄弟远远地上坟来了。三姨娘装作没看见，漫不经心地弯腰寻菜。戏靴子弟兄三人老远看到三姨娘孤身一人，竟隔山架岭地来这垮里寻菜，渐到眼前便有些局促，逼得戏靴子先开了口："姨娘寻菜，走这么远？"

三姨娘抬起头来，左顾右盼，道："哦，是靴子叔。怎么了？老爹的忌日？唉，都两年了！"

"上个坟。这里荒凉，不该走这么远寻菜。"戏靴子不敢正眼对视。

"才刚到垮里，这儿还有放羊娃，不打紧的。听说这垮里有野菜，人家都嫌远，我倒不怕。"三姨娘的脸上笑盈盈的。

"也该起身回去了！"戏靴子从旁边经过，不无掩饰地叮咛着。

"正要回去呢。刚好采了一束花，你拿上给老爹献上。我一个妇道人家，不便到坟前。"三姨娘边说边顺手递过花来。

戏靴子有些矜持，但也只好接住。看看兄弟已走远，回身急急赶去。

等戏靴子和兄弟从坟地上下来，却发现三姨娘还在原地磨蹭着。

从面前路过，不好不搭言。戏靴子便说："日头快要落山了，姨娘也该回去了。"

三姨娘早就想好了话头："我是等你有话说。你是管家，这事你得管。"

一边说，一边拿眼觑着戏靴子的两个兄弟，瞧着二人很知趣地快步走开，三姨娘诡异地抿着嘴，似笑非笑。

"姨娘有话，也该让大娘找四少爷说，不该在垮里对我说。"戏靴子有点六神无主，不禁抱怨起来。

"世道都成啥了，你还如此正经。"三姨娘佯作嗔怪，含情的眼神直勾勾的，弄得戏靴子不知如何是好。

"大娘一向不待见我，现如今离了二少爷，到处放话嫌我不省心，正盘算着要把我赶出门。这事你可晓得？"三姨娘话虽认真，神情却略显顽皮。

"这成啥话了？姨娘说的我咋能晓得？只听四少爷念叨过，说家里的丫头也该裁撤些，不比从前了。再说了，姨娘是啥人，是能往出赶的？赶出门叫你到哪里去？"戏靴子尽量拿话敷衍。

三姨娘扑哧一笑，媚态十足地说："大娘叫我不拘伙计啥的，挑个人嫁了去，她宁愿做一回娘家人。"说罢，笑盈盈地瞅着戏靴子。

"姨娘，我一个老实人，就别拿我寻开心了。要不我先走了。"戏靴子实在撑不住了。

"哼，你要不是管家，我还懒得给你说呢！"三姨娘使了个恨恨的眼色，嘴角却带着几分娇气，"你不问问我瞅上了谁？"

见戏靴子吃惊地瞪圆了双眼，三姨娘便放声吃劲地蹦出三个字：

"就是你！"

然后曳着笑声，扬长而去，撇下戏靴子僵硬地立在原地。

这一出来得太突然，直唬得戏靴子回不过神来，发了好长时间的呆。天色渐暮，明明走的是下山路，戏靴子却感到很是吃力。想起刚才的情形，他的心怦怦直跳。一个硬汉家，倒莫名地怯惧起来，好像已经干下了见不得人的勾当。一夜无眠，辗转反侧，不知如何是好。蒙眬睡去，忽又惊觉，满脑子都是三姨娘的神情和话语，直令他慌乱如麻、五内不宁。好不容易挨到天亮，披衣出门，却不知该去干些啥。出了一阵神，忽然觉得困乏袭来，头重脚轻，他干脆转身进屋，睡起了回笼觉。

"靴子叔，靴子叔！还没下炕吗？"三姨娘进院唤他，戏靴子在睡梦中惊醒，不敢出声。

"我腌的野菜，你下饭吃去，放窗台了。"

我的个老天爷，真要命！屏气静听，三姨娘在窗外打着旋，接着又扬声咳嗽着出了院。戏靴子立即起身下炕，蹑手蹑脚地从门缝里偷窥，不见踪影，正要抽身上炕，却见三姨娘又从院前的树后闪出，像知道自己在张望似的，摇摇身子，嫣然一笑，转身而去，吓得戏靴子脚跟发麻。

直到有伙计进院呼喊，戏靴子才无精打采地开了门。

"一大堆事，寻不见你的人影。咋了？昨晚睡得迟？"伙计劈头就问，戏靴子胡乱应答着。

"一碗野菜？腌得真香嫩。"伙计一眼就瞅见了窗外的碗，靠近嗅了嗅，笑嘻嘻地说。戏靴子就像做贼心虚似的，感到面红耳赤，急忙将碗端进屋内，含糊其词地咕哝了两句，随了伙计就走。

接下来几天，或远或近，戏靴子总能发现三姨娘的身影，令他胆战心惊。最要命的是三姨娘还隔三岔五地上门来，送这送那，弄得戏靴子像个避猫鼠一样不知所措。渐渐地，戏靴子感到大家看他的眼神有了异样，几个要好的伙计公开嚼舌开起了玩笑。他寻思，这样下去不行。

一天午饭后,戏靴子来到书房院,见四少爷一人在翻书,就凑到跟前周旋了一阵,干脆一五一十,将实情和盘托出。四少爷听完,觉得十分罕异。

"你是说,是最近有的事?"少爷急切地问。

"前后就十来天。我总躲着,老躲不开,实在是没办法。我是啥人,少爷是晓得的。再这样下去,总是弄得大家难堪。府上现在这样,又不是可张扬的事,我也就只能给少爷说,还是求少爷不要声张,想个法子好好开导一下三姨娘。"戏靴子十分恳切。

四少爷倒是坚信戏靴子是正直的人,不会做出苟且的事来,只怪自家的嫂子失了妇道耍轻佻。但四少爷向来是背不住事的人,思前想后无章法,只得偷偷地告诉了太太。太太一听,更加气恼,唤来二房的大娘好一顿责怪。二房的大娘咬牙切齿,转身就要去动家法,却被太太喝住:"山窝里小庄户,咳个痰满庄里都能听见,闹得尽人皆知能有啥好?"

太太说着竟哽咽起来,眼里流出大滴的泪。在旁的四少爷和二房大娘也大恸起来,想起所经的劫难,全都泣不成声。

一天深夜,四少爷唤了戏靴子,来到太太的寝屋,二房的大娘也在。三人你一言我一语地对着戏靴子说起来,意思是戏靴子也是王家的族人，一向忠心耿耿，又有胆识，身端影正；三姨娘年少青春，又无所出，了无牵挂，虽然举止轻佻，但也是心有所慕。况且府里本就有将几个姨娘觅主再嫁的想法，如能撮合三姨娘再嫁戏靴子，也算两全其美。

不料戏靴子一听，大惊失色，坚决不应。二房大娘只得说："若是嫌弃三姨娘寡居，可随嫁一个丫头，阖府让你挑选。"

戏靴子还是不应，只一味地推辞说会留下笑话，从此直不起腰来。

"自从那丫遭难，府里又遭了劫，你心里吃了亏，还担着大担子。前些年给你张罗婚事，你总是推托。眼下都在遭难，我一把老骨头早给天交了，只是家门凄惨，心悬着不舍，小鬼勾魂，还不是早晚的事？要么你应承了，要么你想个法子把三姨娘支走，嫁了卖了都成。你是管家，我不顾这张老脸，算是求你了！"

太太喘着气，断断续续说了一大通话，说完又呜咽起来。大家都涕泪交加。

看着戏靴子一声不吭，二房大娘只得说：

"话都是真心话，没有一点虚情假意。你要是不便转弯子，就再磨叽磨叽。还是听太太的好。"

大乱居野　059

此后，因为戏靴子始终没给话，这事就一直悬着。不过，上上下下倒将这桩事传开了。三姨娘从此足不出户，一心服侍起太太来，对二房大娘也是低眉顺眼，俨然清心寡欲、身端影正了。

自从下川里的贼匪被端了窝，戏靴子及手下一帮人就被传得远近闻名、神乎其神。残贼恨得牙痒痒，誓要踏平草滩，以雪其恨，怎奈草滩防范严密，几次都未能得手，加之忌惮"大将军"的炮威，一直不敢造次，但也广布耳目，四处打探虚实，寻找时机。

恰逢秋雨连绵的天气，想必火药受潮，火器威力不再，贼匪们看到了机会。

这天深夜，贼匪们偷偷摸摸，避开红崖沟前川大道，冒雨分散绕到后山，突入庄内，四处下手，庄舍内一片混乱。

贼匪阵势不明，大家惊慌失措，各自或打或躲。待到戏靴子聚拢起一干人马时，已有多个妇孺被贼匪劫持，东家太太奄奄一息，也在被劫持之列。贼匪与戏靴子的人马在书房院里对峙，贼匪一再高喊：

"只要戏靴子的人马胆敢攻击，就一齐杀掉人质，然后拼个鱼死网破！"

贼匪们退入书房，人质全被勒令蹲在书房的地上，刀斧在脸前脑后摇晃。戏靴子的人马拥在院内，被秋雨无情地浇淋着。贼匪们明火执仗，双方互不相让。

人马还在聚集，尽管院里院外刀枪林立，喊声震耳，贼匪们还是有恃无恐，匪首更是慢条斯理地开了口：

"久违了，川王寨人，哦……哦……如今是草滩人。川王寨真是好地界，撂了？咋搬到这鸡不下蛋的山窝里了？我叫白老八——对，下川里白家的老八，我管白老七叫七哥。七哥早死了，还被戏靴子烧成了灰，惨啊！我今天来，不为钱财，就为报仇，图个痛快。雨下得大，火是没放成。还是佩服，尽管冒雨翻山越岭，到底被草滩人困住了。我知道戏靴子是汉子，不会让我杀了刀下的这些老幼。可我脱不了身，那咋办？有办法，听说有个三姨娘怪俊俏的，还非戏靴子不嫁！靴子哥，得罪了，借兄弟用用？"

白老八一厢说，一厢蹾到屋外的檐下，好几个贼匪也随列其旁。屋内的妇孺就在刀下呻吟，贼匪们显然有恃无恐，竟然面对面叫起阵来。

"亏你是条汉子，欺负妇道人家干啥？"有人质问白老八。

"兄弟，狗急了也跳墙，我只跟戏靴子说话。"白老八还是慢条斯理地说。

"我就是戏靴子。要么这样,你放了这些人,我自己来个五花大绑,跟你们走,凭你们咋处置。"戏靴子开了口,原来他就在白老八的正对面,手持长枪,腰挎马刀,威风凛凛。白老八仔细打量,不禁有些心怯。

"哈哈,敞亮!可这事没得商量,我的一帮兄弟也陷在了阵里,哥哥得体谅着。我知道你的身手,不要耍花招,再拖着只好拼命。弟兄们,把家伙高高举起!"

白老八声嘶力竭地咆哮起来,贼匪们应声吼叫,被劫持的妇孺一片哀号。

"慢!"

院角里扬起清脆的声音。贼匪们循声望去,在火光掩映之下,一位少妇款步向前,从对峙的人群深处径直走到戏靴子身旁,神态凝重却楚楚动人。

"我就是三姨娘,任凭你们带走,放了其他人!"

三姨娘凛然而出,令戏靴子他们措手不及。有人吃惊,有人感叹,对面被劫持的妇孺竟一齐恸哭,引得几个男人也啜泣起来。

原来,贼匪摸黑冒雨突袭,喊声四起,惊煞了三姨娘和其他妯娌，混乱之中顾不了许多，只好各自躲藏，躲不过的便落入贼手被劫持。三姨娘倒是手脚利索，慌乱之中爬上了屋后的一棵酸梨树，在树冠中藏身。待贼情明了，戏靴子他们与贼相持，她便溜下树来，到书房院外察看动静。忽听得匪首指名道姓地戏谑自己，其他妇孺又多落入贼手，靴子叔一时无计可施，她更怕靴子叔真随了贼匪而去，情急之下，义从心头起，挺身而出，令人叹服。

"姨娘，你跑出来干啥？不要添乱！"戏靴子紧盯着三姨娘，急切地说。

话音未落，白老八就阴阳怪气地开了腔："我信，这个一定是三姨娘，别人也不配。佩服，不仅有情有义，还是位女中豪杰！听我的，赶紧站到我这边来，得委屈一下，让我的兄弟把你的双手捆起来，立马随我们一同走，这些妇孺就地留下，我一个也不带。"

"姨娘不要上当，他们人少，我们会有办法的！"戏靴子拽了一下三姨娘的衣袖，不好再说什么，也不好再做什么，显得悲愤而迟疑。三姨娘转过身来，莞尔一笑，紧接着一丝愁绪掠过，却语带激昂地说："靴子叔，都到这步田地了，还能咋？"

话说完，三姨娘转身阔步走向对面。戏靴子等人眼巴巴地看着，贼匪们也被三姨娘的行为震撼，纷纷闪开，一时间畏首畏尾。白老八呵斥了两声，才有贼匪凑上前去捆起三姨娘来。戏靴子及庄人咬牙切齿、捶胸顿足不已。

"听着，我要带三姨娘回下川里去。靴子哥你放心，嘿嘿，到了安全地界就会送回，我白老八不夺人所爱。你庄上牲口多，牵一匹走骡来让姨娘骑上，我亲自执鞭坠镫。只是有一点，我和我的人一旦有闪失，三姨娘只好抵命，我手里的家伙不吃素。"白老八说到最后，猛然拉起三姨娘身上的绳索，横空挥舞了两下马刀，白光刺眼。

戏靴子不开口，双方只好僵持着，贼匪们显得不耐烦起来。不料三姨娘喊话了，语带哭腔："去，牵匹骡子来，叫我一个小脚妇人怎么走？靴子叔，赶快打发人去，太太折腾不起！"

不得已，戏靴子只好依了。

一匹高骏的走骡被牵了来，送与对峙的贼匪。只见三姨娘被扶上骡背，白老八一手牵着她的衣裙，一手将马刀架在她的肩上，厉声呵斥着，叫院中的庄人闪开让出通道。三姨娘面无表情，雨水沿着她的脸颊滑落，也不知搅和了多少泪珠。庄人在风雨中僵立着，一片悲怆。贼匪们前呼后拥，裹挟而出，在泥泞的巷道中狼狈窜行，扬声壮胆。

戏靴子领着伙计们一路尾随，尽管贼匪们大声喝止，他们还是紧随其后。于是，白老八下了最后通牒："你们再不离去，我就对三姨娘动手了！"大家只好放缓了脚步，与贼匪们拉开了距离，但还是暗自尾随。风雨之中又兼黑夜，贼匪们顾三不顾四，只一路吆喝着在泥泞中挣扎前行。

觉得庄上的人渐渐离得远了，白老八收起了马刀，自顾自地走起来。贼匪们直夸白老八有勇有谋，携了个美娘子还全身而退，戏靴子再横也得听使唤。逐渐就有贼匪对三姨娘轻言戏语起来。三姨娘一阵哭一阵笑，倒令贼匪心酥肉麻，连白老八也暗自心想：这娘儿们名不虚传，真是个风骚货，都说对戏靴子倾心，看来不过是逢场作戏罢了。一伙人想的想、撩拨的撩拨，风吹雨打，一路迤逦而行。

岂料三姨娘心中有数，见贼匪言语轻佻，便就势做出哭笑无常、寡廉鲜耻的风骚样来，弄得贼匪毫无警觉。觑着路沿下一道斜坡，三姨娘猛然从骡背上翻身而下，就坡翻滚，同时尖声大叫："快来杀贼！"

接着，立即就听得戏靴子在他们不远处追来的杀喊声。贼匪们万万没有料到三姨娘竟然来了这一出，耳听得喊杀声近在咫尺，势如虎啸，便四散连滚带爬，纷纷逃命。戏靴子一行本来人多，贼匪们惊魂丧胆之下只顾逃命，多数已一溜烟跑远了，少数几个跌落崖下，呼爹喊娘地惨叫几声，挣扎起身又跌跌撞撞向山下翻腾。几个汉子想追赶捉拿，被戏靴子喊住，说天黑地滑，贼在暗处，怕有闪失，既已逃窜，随他去吧，况且经此一番跌撞，也够他受了。

这当头，众人已将三姨娘搀扶到路上，只听她咯咯咯地发出笑声，说坡上草茸茸的，没伤到啥，似乎手指头上扎了几根刺。众人开怀大笑。戏靴子吹了个口哨，就听得那匹骡子从远处奔来。大家立刻将三姨娘扶上骡背，一齐推拥着戏靴子上前牵缰。三姨娘一声不吭，静静地骑在骡背上。

遭此劫难，东家太太卧床不起月余。但太太心里明白，屡次叫四少爷唤来戏靴子，撮合三姨娘下嫁的事，这件事也成了庄人的心愿。戏靴子本来已经对三姨娘心生好感，只是碍于闲话就一味回避着，经此一番生死之劫，便不再迟疑了。最后，东家太太以小姐出嫁之礼成就了三姨娘和戏靴子，琴瑟和鸣、鸳鸯佳配，很称众人心意。

接着，家中的另外几个姨娘和丫头，也由太太做主，择了夫家一嫁了事。

大家很诧异太太的精力，殊不知那是回光返照的迹象。一番家事打理下来，老人家便卧床不起，弥留十来天，撒手而去。家道随世道败落，家事随世事零乱，一庄老少凄凄惨惨，草草率率为太太办了丧事。青龙观留下的几个道士倒有心，不请自来，念了一天的超度经，也实属难得了。

随后的几年，接连大旱。草滩这地方因为高山阴湿，勉强还能度日。川道里就不同了，因为旱象连年，即使在初夏的时节，放眼望去，仍一片焦黄。许多人挣扎着上山乞讨，馁毙路旁的不在少数。有时，草滩的后山窝里会传来金鼓声，那是十里八乡的人们在为取水而祈雨，是大旱年间求雨的程式。据说，那个叫石嘴崖的地方取到的水是圣水，祈雨最灵。官府有时也出面主持，抬出龙王的圣像在艳阳下暴晒，四方的民众得去陪晒，脱光了上身在烈日下跪伏，以表虔诚。实在无法时，通灵的法师会作起法来，拿刀自残，额头滴血，然后对着圣像拳打脚踢一番，以示挞伐。

也是天象诡异，有时雷声滚滚，骤然间却是冰雹袭来，本来枯萎的庄稼又被打得东倒西歪，旱灾加上雹灾，最终颗粒无收。这时候，喇嘛又会登场。夏日午后，骄阳似火，喇嘛就沿山梁作法，号角声声，但冰雹还是照样不时袭来，算是走了法。遇到这种情形，喇嘛会露出屁股，做出些亵渎雷公的奇异动作，

大乱居野　067

意图让雷神害臊离去。但乡民们犯愁的，是天雷打了，少不了喇嘛的。

忽然，草滩人都十分慌乱，原因是沟岔里早已不见一滴水，近来几眼泉井也逐渐干涸了。这确实令人着忙，不说牲畜，人们的生活用水都成了大问题。也不知什么时候流传的风俗，家家户户、老老少少，一个个都在房前屋后、墙角树杈搜寻起蜘蛛来，但凡抓到，一律拿火烘烤至死。据说蜘蛛的魂魄会去禀告天帝，说人间暴晒如同烈焰，自己竟然被烤毙，让天帝赶快下旨降雨！口口相传，约定俗成，也不知灵验与否，但草滩人好一番对蜘蛛的折腾，却迟迟不见奇效。

又有人说这个塆里那个塆里的坟地犯丧了，出了旱魃：

"可了不得，亲眼所见，坟头上出来的，一身白毛，笑口大开吞了云彩，翻着白眼汲了泉水，到处飘荡，最后又飘向坟地，隐没在坟头。"

如此等等，说得煞有介事，令人毛骨悚然。庄上也有阴阳先生，令人打开好几座坟。水荒之下，大家也听之任之。

后来，还是四少爷从书上翻出了名堂。据说，旱魃会吞云，所以天不下雨，成天烈日炎炎；还会吸干地里的水分，所以河里沟里泉里井里都会干涸。但旱魃因为贪心太重，散发的水汽会让藏身之处草木葱茏，所以要消灭旱魃就得在草木繁茂处挖找。大家开了窍，到处寻找草木茂盛的地方挖旱魃，没有挖出满身白毛的妖孽来，倒是在堡子山下的沟岔边挖出了一眼喷涌的清泉，水量丰沛，一解水荒。四少爷兴奋之余，大书"红泉"二字，请人凿刻在泉旁的石壁上。

日复一日、年复一年，草滩人就这样跌跌撞撞地过活着，虽度日如年，却也光阴荏苒，连戏靴子都已是五十开外的人了。

豹变革面

忽有一日，外出赶集归来的人总在山前岭后徘徊，迟迟不肯进庄，见人就躲，令人十分诧异。直到夜幕降临，一个个才灰溜溜地摸回家。原来，男人无一例外都被铰了辫子，女人大部分被勒令卸去了裹脚布。

戏靴子见两个儿子裹着头巾摸进门，感到很奇怪，呵斥起来，惊得一家老少赶忙挑亮油灯，仔细一瞧，都感到很怪异。两个儿子与家人们面面相觑，老三三娃子见了两个兄长的模样，还做起鬼脸来。戏靴子更是来了气，两把扯下头巾，大家不看则已，一看都倒吸起凉气来：辫子怎么没了？

"咋了？翻天了？"戏靴子如五雷轰顶，吼叫起来。一家人也十分焦虑。

"还真的变天了。"

"官衙里都换了人，说如今成了革命党的天下。"

"满街到处是革命党，认得的几个熟人也戴着袖套，说是革命党。"

"见了男人就铰辫子，咔嚓一声辫子就没了，然后塞给你两枚麻钱。"

"见了女的就圈到一个院子里，卸了裹脚布才放人，听说同样也给麻钱。"

两个人你一言我一语地给家人叙述着，显得十分沮丧和羞愧。一家人都很惶恐。

"咋出了这怪事！家丑不外扬，都不要出门。"戏靴子感到罕异，交代了两句，自己则急急地出了门。

来到大门外，黑灯瞎火的，却也碰到几个人在叽咕。戏靴子觉得他们在说自己的儿子，心虚起来，不由得放慢了脚步，故意咳嗽了两声，几个人便应声打起了招呼："吃罢了？"大家都按辈分称呼着问候起来。

"才吃罢。"戏靴子故作镇定，像无事人一般。

"出啥事了？这可咋办？"还是有个人憋不住问了起来。

"都晓得了？听说是叫革命党的，集上到处都是，见人就铰，两个都吓坏了。"戏靴子赶忙为儿子开脱着。

"你还不晓得？庄上赶集的，男人的辫子都没了，女人的裹脚布也被卸得差不多了，现在都窝在屋里不敢出门。"有个外号"耳报神"的人津津乐道，听得大家胆战心惊。戏靴子倒是有所释怀，心想：原来庄上碰到铡口的人还挺多！

大家又叽咕了一阵，到底出了啥事，谁也说不出个所以然来。听"耳报神"吊诡地说什么"皇上腾了金銮殿，今后再没真龙了"的话，一个个都息声敛气、如丧考妣，一再呵斥"耳报神"不敢乱说胡话。

几个人又来到书房里。四少爷正在院里打转，见他们来了，便进屋拨旺了火盆里的火，熬起罐罐茶来，自然也就说起铰辫子、卸裹脚布的事来。看得出，四少爷也十分狐疑，说不清楚个啥，只一味地讲了一通古今，什么秦大帝、汉武帝、元大汗、明洪武，直到光绪、宣统等，大家听得倒是很入神，但听完了也不知就里。

此后，听说凹儿沟有个罗保长，专司这一带粮税、派丁、治保的事。起初倒没留意，但没过几天，就有传言说罗保长就要进庄了。

说到就到，罗保长果真来了，灰色礼帽、墨绿眼镜、皮袍马褂、拄着拐杖，外加两个穿戴怪异、肩扛火枪的护从，派头十足。庄人看见，未免驻足留心，也不便近前，但陆续有顽童左右围观。罗保长显得牛气冲天，哼哼唧唧、怨怨叨叨，指名道姓要见四少爷。有小孩拿手一指，他便径入书房院。

四少爷正扎在书堆里找"黄金屋"，总是摇头晃脑地吟诵着"君子豹变，小人革面"八个字。听得窗外扰嚷，便出了房门，猛然一看，吃惊不小。来人一见到他，就大声嚷起来：

"'秀才不出门，能知天下事。'您老怎么就不知道如今的天下？"

罗保长晃悠着身子，一面说，一面脱下礼帽，露出梳成了背头的齐耳短发。

四少爷的表情有些呆滞，一只手不禁摸了摸垂在屁股上的辫梢：

"这不是凹儿沟的罗娃子吗？咋了？也革命了？"

四少爷似有所忆地问着。他记得，来人小时候曾在府里的私塾认过几天字，是亲戚托付来的，后来长大了，也时常来府里走动，大样子没变。

不料来人板着脸，显得不屑一顾。随同的护从连忙介绍：

"这是罗保长，来巡……巡……"

罗保长不耐烦起来，瞥了一眼护从，小声提醒：

"上峰任命……"

护从又连忙做介绍：

"上峰任命的罗保长……"

罗保长又不耐烦起来，摇着脑袋再做提醒：

"巡视乡里。"

护从"哦"了一声，提高嗓门：

"上峰任命的罗保长，专门来乡里寻事！"

罗保长听护从又喊错话，狠狠地瞪了他一眼，令护从直吐舌头。四少爷笑起来，院子里围拢的人随之一片哄笑。

眼看就要失了威风，罗保长立马提高了嗓门：

"兄弟公差巡视，一为放脚、铰辫子，二为联络保甲。"

又对着四少爷说：

"变天了，现在是民国了，辫子得铰。"

四少爷摇摇头，躬身将三人往屋里请，不料脑后咔嚓一声，辫子已被一个护从铰下提在手中。四少爷脸色大变，哽咽着浑身打战，院子里围拢的人喊叫起来。冲突在即，只见两个护从

豹变革面　075

举起枪来，朝天鸣放了两枪，院子里立马又安静下来。

"混账！野的吗？"戏靴子突然奔进院内，直逼到两个护从面前。

"拜大！"

一个护从面带羞怯地称呼着戏靴子，另一个也立即泄了气。原来，那个喊"拜大"的护从是戏靴子川道里收的义子，加之戏靴子的名声，罗保长也不得不有所收敛。

戏靴子明白今天这事不能耍蛮，便吆喝起来：

"把四少爷搀到书房，都忙活去！"

又对着罗保长说：

"他罗家爸，公差要办，饭也要吃，你表姐就在庄边上，我就做主派饭了，顺便也转一下亲戚。"

听戏靴子这样一说，大家才了解了罗保长的底细。罗保长也像被人揭穿了短处似的，显得有些灰头土脸。

原来，罗保长的表姐，先前嫁到下川里，丈夫愚钝，加之野蛮，表姐不得已跑了山，又怕夫家追踪，干脆来到偏僻的草滩，被人撺掇嫁给一个名叫王二怀的人，倒也很称心。时间一长，下川里的原夫家还是有所耳闻，周旋了几次便开始交涉。一来草滩人心齐，二来王二怀也多少出了点银两，原夫家便就坡下驴放了手。

在罗保长看来,这总是一桩不光彩的事,之前也就从未登过门。但既已说破,也就不得不随了戏靴子去表姐家。

一进院,见表姐一家破屋陋室,罗保长便很嫌弃,尽管表姐很殷勤,但到底缺了留存在记忆中的倩影。吃的是炸油饼,喝的是浆水拌汤,表姐也算费了心。但看着七上八下、到处翻腾的娃娃,罗保长越发鄙视:

"表姐,你也活得背了,煎的油饼上还有垢圿?"

罗保长一脸的不屑,辱没的言语奚落得表姐一下子面色凝重起来。王二怀几乎就要发作。

"你表姐太用心,油饼炸过头了,有点焦,不过怪香的。"戏靴子打了圆场。

王二怀生了气,总是指鸡骂狗的。罗保长想使坏,眼往院子里扫了一圈,计上心来,临走硬是让护从牵上表姐家拴在院角的一头毛驴当代步,说是脚走肿了,暂借着骑下山去,不日即奉还。王二怀再不乐意,面子上也得过去,只好听之任之。

草滩人陆续铰辫子、放脚,进入了民国时代。罗保长时常来光顾,又催粮又催丁,总是骑了毛驴来,也不给表姐家送还。邻近处另一个保长,为催壮丁的事惹怒了仇家,外出看戏的路上被仇家报复，挨了十几刀，命丧荒野。官府追究下来，仇家的老高堂自首抵罪，倒赢得一片赞声。这事一出，罗保长立马收敛了许多，但觉得自己毕竟算个官身，加之总有些求告之人奉承巴结，特别是一般的乡民惯于逆来顺受、忍气吞声，时间一长，罗保长便又生出些骄横来。

遍数自己所辖的庄村，罗保长总是记恨着草滩：一来每次前往，庄人都很不屑，动辄就论起理来，不拿他当回事；二来尽管再三申斥，还是推不出个甲长来，弄得他没个下属，添了许多不便。这日他下了决心，专程又到草滩，非得选定一位甲长不可。大家公推戏靴子，戏靴子总以年龄过大相辞。又推选了几个人，都相继推辞。戏靴子家的三娃子耍笑起来：

"我庄上人，不爱官不爱管。非得要有个甲长的话，那就轮着转，你一年他一年，免得保长来了没个带路的。"

罗保长一听，明明是在戏耍自己，便没好声气地说：

"你咋偏不说'我一年'来？我看，就从你开始轮，时下急着要办的差事是催齐课税。"

三娃子也不示弱：

"叫我打头阵，除非你先给我断明个官司：我家远埫里地界上的一棵梨树叫那坡里的三虎子锯了去，今儿算当面给你老爷告个状。"

"你咋晓得是谁锯的？"罗保长冷冷地问。

"不信就去起赃！"三娃子很是挑衅。

罗保长是个无风也要起浪的人，加之被逼得下不了台，就立马拍板去起赃，要三娃子在前面带路，赌气而走。

那坡里与草滩相邻，三娃子家远塆里的一块田地距那坡里倒更近，田埂上一棵梨树有些年成了，是做家具的好料，也确实是被叫三虎子的那坡里人偷锯的。三娃子在那坡里有亲朋，亲朋连窝赃的地方都清楚明白地告诉了三娃子。

那坡里的甲长最好伺候公差，也是罗保长颐指气使惯了的，听说罗保长一行风尘仆仆进了庄，喘着粗气跑来打躬。明白了来意后，甲长亲手牵起驮载罗保长的毛驴，径直去往三虎子家。三虎子一见公差来，又是罗保长大驾光临，加之发现有邻村的三娃子夹在当中哂笑，面容立刻大变。不待搭话，就见三娃子抄起顺墙立着的木杈，三两下拨开了墙脚覆盖的麦草，露出偷锯而来的梨树来。看来不认赃是不行了，只是未待开口，就听罗保长凛然呵斥道：

"大胆刁民，不可狡赖，听候拘传！"

说罢，扬长而去。甲长牵着毛驴紧随，一再留罗保长一行人吃饭。只见罗保长怒气难抑，责令甲长随同他去有公干，又转过头来，笑着对三娃子说：

"你且回去，听候公断。"

其实，罗保长早已心怀鬼胎，想反手治一治三娃子，顺势震慑草滩人，出一口恶气，树立威严。他在半道上支开护从，对那坡里的甲长好一番嘱咐。那坡里的甲长一听，欢天喜地，点头如同捣蒜，谄媚而别。回到庄上，直奔三虎子家。三虎子正在庭院里蹲着听婆娘埋怨，见甲长骂骂咧咧地冲到面前，噼里啪啦打了自己几个耳光，顿时越发惶恐，长跪不起，只求甲长想解决办法。婆娘见状，也跪地求饶，屋里的娃娃吓得哭声一片。甲长板起脸，踱了一阵方步，然后交代三虎子准备十枚银圆，外加一份厚礼，尽快送来，由他转送罗保长求情；又说伐盗邻庄果木，虽价值有限，但事由有伤风化，花钱免受牢狱之灾，也看他造化了。三虎子一听要花大钱，十分作难，却也硬着头皮答应了。第二天，三虎子东挪西借凑不够，只得登了甲长的门，祈求高利放贷，并以即刻寻找主家支付大女儿的礼金作保。甲长乐得成全，写了契约，付了银圆。最后，三虎子到底还是出了二十枚银圆、两份烟酒糖茶的大礼，说是一半转送保长，另一半是给甲长的谢礼。甲长推辞了一番，最终心满意足地笑纳了。过了两天，甲长又上门来，神道道地嘱咐三虎子一顿话。待离开后，三虎子按照嘱咐，将盗来的果木又锯下一截，当柴火烧了，剩下的一整根原木则光明正大地摆在当院。

那天晌午，罗保长带了四名跟班，鸣锣开道上草滩，直入书房院，说是要公开审案。庄人好奇，纷纷来看稀奇，院子里挤得水泄不通。传了三娃子来，搬来椅子让坐下。不多时，只见另外有公人押解着一个戴颈枷的人进院，有人认出是那坡里的三虎子，一同进院的还有那坡里的甲长等人。气氛一下子凝重起来，整个院子再无喧哗之声。三娃子心下疑虑，草滩懂事的人也疑虑：就一根木头的事，至于这样兴师动众吗？

罗保长用惊堂木啪啪拍了两下，高喝开审，要三娃子呈诉。三娃子有些尴尬，又有所迟疑，只说三虎子偷锯了自家田埂上的果木，要么拉倒算了，不赔也成，没想到弄成了大事，还戴了枷。罗保长一听，大加赞赏，言称三娃子心慈好善，但盗锯果木，也属动摇农本，尤其越村盗伐，与邻为害，败坏庄风，按法度须严惩。既已出首相告，便属动用公物，不可儿戏。该三虎子呈辩了。不料三虎子一口否认盗锯他人果木，说是自家的梨树被大风吹倒了，只得连根挖起，树枝劈柴烧了，留下树干放在院中，怕裂缝，覆了柴草，没想到被三娃子栽了赃。此话一出，三娃子十分震惊。又听那坡里的甲长等来人异口同声地证实着三虎子的辩言。只听罗保长缓缓地说：

"不见棺材不落泪！去，把赃物抬到现场，大家一同去现场对茬子。"

那坡里的甲长带着公人去了，其余人等也一同来到三娃子在远塆里的田埂。只见田埂之上，秃秃地露着被盗锯的树桩。

赃物被抬了来，罗保长立刻命人直竖起来，挪到树桩上对茬子。转来转去，茬子处的径围和树干差了尺寸。罗保长一下子变了脸，呵斥起三娃子来，立马叫护从按倒，说是诬告反坐，命人卸了三虎子的颈枷，套在了三娃子的脖子上。三娃子大骂不止，在场的人人心动荡。不料王二怀干脆冲到罗保长面前，气势汹汹地叫骂起来，说罗保长心术不正，三娃子是啥人谁不清楚！又说他不认罗保长这样的亲戚，敢害三娃子试试！经王二怀一闹，草滩的老少都摩拳擦掌。罗保长既羞又恨，喝令护从一律端起枪来。不料恰在此时，远处的草滩庄上却响起了清脆的枪声，夹杂着大声的嘶喊。听得出来，一定是出事了。

大家立刻警觉地朝庄上靠拢。罗保长泄了气，带着护从也朝庄上猫身走去。三娃子早被人卸了枷。那坡里的甲长及三虎子等人，一溜烟跑得无影无踪。

真的出事了。原来是兵匪进了庄，四处驱赶着庄民，枪声不时响起，全庄上下鸡飞狗跳。罗保长和护从从隐蔽处接近，各放了一枪。因为是土枪，一时装填不了枪药，仅一响而已，却惹来兵匪一通步枪扫射，立马就有人挂了彩。罗保长害怕了，吆喝一声，几个人抽身后退，匍匐到隐蔽处，抱头撤离。

这是一伙儿临阵脱逃的兵痞，因为早有预谋，所以枪支在身，携弹充足，步调也很一致，曾狙杀了奉命追来的军警，杀人越货，至今已脱逃月余。起初共五人，半路上分赃时起了纷争，两人被杀，剩下的三个人系同乡，又一同闯荡多年，算是命运同体了。

兵匪虽然只剩三个人，但武器精良，逢着狗啊猪啊羊啊鸡啊，一枪撂倒，不在话下。庄民瞧见，个个吃惊，男男女女只好任其驱赶至书房院。彼时戏靴子患了寒疟，裹在炕上打战，应答缓了点，头上还重重地挨了一枪托，顿时起了个大包，昏厥过去。那些随了保长去三娃子田埂的人，多数因为顾念家人，只好自觉地去了书房院。

三个兵匪持枪呵斥，不时朝书房院的房顶放一枪，打得瓦片飞溅，唬得众人不敢喘气。兵匪操着很浓的外地口音，分别诈唬了一番，大意是要让人听话，叫干啥就干啥，不许去报官，谁作对谁吃枪子儿。最后，兵匪挑了几个婆娘和姑娘，也是瞅着有姿色的，说是要侍候他们三人的饭菜，其余人一律解散，不许逗留。老老少少个个面如土色，但也只得离去。几个大男人跑上堡子，原来堡子里已经躲了好多人，有些是瞧三娃子田埂的热闹，因为一家子人都不在庄里，也就没有回书房院，直接进了堡子；有些是从庄户避闪，躲过兵匪跑进了堡子。大家无一例外地想到了"大将军"狗娃炮，但也想到有婆娘和姑娘被扣留，动起炮来，恐一并伤亡。想着将炮身移近些，待兵匪走单时伺机开轰，又恐炮台难筑，万一被察觉，剩下的兵匪报复起来就麻烦了。大家七嘴八舌，主意难定，却听得外边枪响，原来一个兵匪早已押着一队庄人在堡子外远远地站着，说是专门来收"大将军"的，若不依，子弹不饶人。堡子里的人面面相觑，争吵了一阵，最后还是将"大将军"拆下炮台，抬往书房院。大家都纳闷儿，兵匪是怎么知道"大将军"的？莫非出了内鬼？

原来，被兵匪扣留的婆娘和姑娘共计六人，个个掩面涕泣，十分恐惧，但有个叫从香子的婆娘与众不同，虽也垂泪，却别有愁绪，不时还会破涕为笑，闪着狐媚的眼神与兵匪搭讪，缠绵周旋其间，也无所避讳。其实，从香子平日里就是个水性杨花的女人，今日到得这般田地，明知再难脱身，倒乐得随遇而安。兵匪虽逞强好胜，但毕竟势单力薄，枪不离手，思虑着许多提心的事，丝毫的风吹草动都很警觉，因而一时难以从容，瞧着从香子生性放荡，便有话先与从香子说。从香子一听，吆三喝五地指使起女人们来，做饭的做饭，沏茶的沏茶。见大家都动了起来，气氛和缓了些，从香子更是撩拨得三个兵匪浑身痒痒。有个把持不住的凑上前，伸手扇了从香子的屁股，反被从香子在胡子拉碴的脸颊上摸了一把。接着，他挤眉弄眼地牵着从香子到耳房，解衣宽带，狂野一番。事毕，从香子生怕庄里的汉子搬来"大将军"乱轰，为免致同归于尽，便泄露了狗娃炮的事。兵匪知悉，认为此事非同小可，立即持抢挟持庄人上堡子，逼令将炮台拆除，将炮身抬回书房院，方才作罢。

院门紧闭，三个兵匪总是一人吃饭茶歇，轮换着让女人进屋使唤，任其戏弄，另外两人持枪在屋外警戒。傍晚时分，一个被唤作大哥的兵匪将女人们聚拢起来，挨个仔细瞧了一遍，拉扯一人到旁边，唤了从香子进屋嘱咐。从香子出门来到女人们面前，说那个兵匪今晚要与碎姑拜堂成婚，还要办得像模像样。女人们一听，个个叹气。那个叫碎姑的正是刚才被兵匪拉扯过的，还是个黄花闺女，从容貌打扮上一眼就能看出。碎姑声泪俱下，从香子又是百般抚慰，又是拿硬话胁迫，什么若不从，非但自己得死，她们几个也得一同挨枪子儿，遇上了活煞神还能咋？保全了大家，再当烈女也不迟！如此等等的一套说辞，弄得碎姑放声大号。有兵匪厉声责问，从香子摇声摆气地回复：

"人家一个大姑娘，哭嫁是正礼，大哥算是挑了个贤惠的娘子。"

兵匪们一听，高兴起来，屋内的大哥也哈哈大笑两声，随即说道：

"哭是应该的，也不该放声吼！"

从香子一面给碎姑使眼色，一面吆喝其他女人整备酒肴、装点洞房，凡搜寻到的一切可用之物悉数派上了用场。

有从香子的张罗，总算准备就绪了，肝肠寸断的碎姑还是被梳洗打扮了一番，盘了头，寻来一块红布当盖头，被几个女人从西厢房搀到正厅，与叫大哥的兵匪一拜天地、二拜高堂、夫妻对拜，最后被送入东耳房的洞房。两个兵匪在院内放了几枪，以示喜庆。从香子张罗着叫大家入席，但两个兵匪还是很警惕，始终不肯在好不容易拾掇起来的席桌旁多逗留，对搜罗来的酒也不上心，并且枪不离手。尽管从香子絮絮叨叨、频频举杯，其他女人还是一声不吭，只是沉闷地应付。过了片刻，一个兵匪对着个小姑娘淫笑起来，接着强拉出门，勒令其在西耳房收拾铺盖；另一个兵匪则反扣了正厅的房门，任凭其余几个女人在里面吃也好、喝也好、骂也好、打也好、哭也好、睡也好，就是出不了屋门。

随后的几天，兵匪们轮换着，今天你当新郎，明天他当新郎；几个女人也被挑来拣去，今天你当新娘，明天她当新娘，天天拜天地，夜夜入洞房。淫威之下，荒唐成了堂而皇之。从香子记恨于庄上女人们一向对自己的不齿与奚落，更加肆无忌惮地为兵匪效力，又举荐了几个本已躲身在外的女人，鼓动兵匪劫持而来。兵匪们将她们劫持来，见姿色果然不错，对从香子也就更加信赖。不料，一日正午，女人们都在厨房拾掇，碎姑忽然抄起菜刀，猛朝从香子的脖颈连砍数刀。从香子应声倒地，碎姑则接着以刀自抹。女人们在惊悚之下，尖声怪叫，引得兵匪赶来，喝散众人。只见二人倒在血泊中各自翻腾，前后不多时便不再动弹。兵匪们虽然暴跳如雷，但也十分惊心，强迫其他女人在院角挖了坑，掩埋尸体了事。女人们本已心胆俱裂，经此一番震颤，个个噤若寒蝉。

毕竟血染厨房，两个冤魂就埋在院角，女人们成天面如土色，兵匪们也气焰大减，虽然对女人照例蹂躏，却不再拜堂入洞房了，轮班值守时更加警惕。搜来的酒早已不剩半滴，值夜的兵匪无法以酒佐欢，便也显得很郁闷。

一日，院门外有人高声吆喝：

"快开门，给军爷送酒来了！"其声高亢，连连催喊。

女人们听得出，来人是三娃子。但个个不知所措，只是默不作声地相互瞪大眼睛。

兵匪们交头接耳一番，躲入堂屋，从窗户、门缝处将枪口朝向院门，喝令女人上前开门。大门打开，只见三娃子背斗在身，重重地踱着脚步进院，靠廊沿歇下，示意女人接住背斗，腾出身子，回头从背斗里取出整整六个坛子，说是知道军爷这里缺酒，专门来送。为免猜疑，说要当面开坛尝饮。说完，三娃子打开一个密封的坛子，酒香立刻飘散开来。他要来一只碗，自斟自饮，连喝三碗，静静地坐了一刻，又乱七八糟地唱了几声，起身时身子摇晃，踉跄着对着院子里的女人指指骂骂，已是大醉无疑。扶栏摸墙，三娃子晃进一屋又一屋，好不容易进了堂屋，三个兵匪立即走出，喝令女人关上了大门。不多时，就听得三娃子鼾声如雷，已经醉卧厅堂了。兵匪们又喝令女人们照旧各自忙活手头的事，不得交头接耳，不得向堂屋张望。

他们三人则四处察看，时时警觉，也时刻留意着三娃子。

日下西山，三娃子才伸着懒腰出了正房，跑进厨房灌了一马勺凉水，抽身回头，见三个兵匪站在院当中，立刻傻笑起来。那三人打量着三娃子，不约而同地竖起了大拇指。

"上等的好酒，花了我不少钱。军爷用着，明儿饭后我再来，启封另一坛，还是我先喝，让军爷放心。"三娃子躬下身子表明一番，然后转身开了院门，拱手道别而去。兵匪们也不挽留。

当晚，不值守的那个兵匪喝了个通透醉。

第二天午后，三娃子如约而来。兵匪们见着，觉得三娃子亲和了许多。三娃子启封了酒坛，喝下一碗，有个兵匪就上前拦住三娃子，示意不必再饮，让进堂屋喝茶。那个兵匪一直陪同，与三娃子有说有笑。

日薄西山，三娃子问："可不可以离开了？"陪酒的兵匪连连点头。那兵匪大约是今夜不值守，满满地斟了一碗酒，当着三娃子的面一饮而尽。三娃子笑了笑，转身呵斥起里里外外的女人们来，叫她们都高兴起来，侍候好三位军爷，别老哭丧着脸，还冲着两个无精打采的小妇人，上去就朝脸扇两巴掌，转身又说：

"庄上还有个绝色佳人，明儿一定给军爷搜寻来。"

三个兵匪齐声叫好，女人们则是满脸的惶恐，但谁也不敢作声。

每当日落时分，这群困守的女人就害怕起来：一来夜幕渐临，碎姑和从香子阴魂不散，况且尸首就埋在院角，那血淋淋的场景就在眼前，挥之不去；二来又要被兵匪挑拣折腾，实在不堪忍受。还好，又是三娃子叫大门，确实领来一位粉面桃花的大美人，明眸皓齿、千般娇媚。兵匪们一见，个个眼馋。女人们乍一看，不知是谁，仔细瞧，却是巧翠子，油光粉面的，加之衣着艳丽，不细瞧根本认不出来。

三娃子又搬出一个酒坛子启封，在院子中斟上两碗，与巧翠子对饮了。兵匪们见新来的美妇也豪饮，更是心花怒放，那个被唤作大哥的兵匪今晚本不该轮休，但内心荡漾，硬是让本该轮休的兵匪值夜，言语之中就有些不和。那个本该轮休的兵匪明显带了情绪，拐到墙角给另一个同伙嚼舌头。被唤作大哥的兵匪明显瞧见听见了，只是瞪了一眼，不再理会，又见三娃子已上堂屋熬茶，便情难自禁，与眼前的巧翠子调起情来。巧翠子娇声嗲气，又是投怀，又是送抱，百般逢迎，直令那个大哥十二分称心。忘情之下，大哥干脆抱起巧翠子，直入堂屋，不再顾虑,呼三喊四地叫屋外的女人们摆菜上酒,并拉了三娃子一同坐定,一女两男一同喝起酒来。巧翠子笑脸盈盈,先是恭恭敬敬奉上三大碗,自己则斟满一碗相陪。大哥受了激将,立刻仰头连饮三大碗,又与巧翠子对饮一碗。巧翠子咯咯笑弯了腰,干脆一屁股坐在大哥怀中,见三娃子露出不乐意的神情,伸手就给三娃子俩耳光,直斥道:

"我跟大哥耍酒,与你何干?给谁使眼色?"

大哥已有了七分酒意,见巧翠子打了三娃子,便也跟上斥责,要三娃子滚出去。巧翠子不依,非罚三娃子给大哥敬酒不可。三娃子无法,只得连敬三大碗。巧翠子又不依,叫三娃子双膝跪地敬酒。三娃子虽面露难色,终究还是双膝跪地,又是连敬三大碗。巧翠子在大哥怀中扭扭屁股,嗲声嗲气地说要滴酒罚三碗,又说怪自己未提早说明,先罚自己一大碗,端起就狂饮起来,咂了几口,反身又送向大哥嘴边。大哥十分乐意,将剩下的多半碗酒喝了个底朝天。三人豪饮连连。其间,因嫌菜肴不够丰盛,巧翠子又下到厨房,对着窝在厨灶里的那帮女人又是打又是骂,又是高声呵斥,又是低语叽咕,听得院子中两个值守的兵匪嘿嘿发笑。

回到堂屋,巧翠子还是一屁股坐进大哥怀中,连敬带罚,一碗接一碗地饮。大哥已有十分酒意，盯不住杯盏，明显揽起酒来，逢敬必饮，毫不推让。院子值守的一个兵匪似乎有些不放心，一路小跑进来，却见大哥已歪斜在椅子上酣睡，三娃子则干脆卧在桌下打鼾，唯有巧翠子醉眼迷离，见有人来，起身上前就送了个拥抱。进屋的兵匪刚好是那个本该轮休却被安排值夜的，本来见着巧翠子就心痒痒，眼下见她忽然全身扑来，难以自持，又见两个男人酣睡，干脆顺势将巧翠子抱向屋角闹腾起来。听得院子里一帮女人与同伙嬉闹，倒也很开心。正要得趣，调情的兵匪只觉得脖颈上一紧，被勒了一根绳子，一下子说不出话来，巧翠子也反手将他压住，很快他便被五花大绑起来。同时，院里的兵匪好像与一群女人滚在一起，刚才还在酣睡的三娃子奔出门外去收拾，那值守的兵匪瞬间就被五花大绑地押解进来。大哥正昏睡不醒，任凭三娃子翻转捆绑，嘴里还含混不清地醉笑个不停。

其实，一切都是戏靴子同着全庄爷们儿绞尽脑汁使出的计策。叫三娃子送酒，是投了兵匪所好，周旋其间也知道了兵匪的布置。献了容貌惊艳的巧翠子去，是因巧翠子相貌娇媚、身段婀娜，加之善饮，再经几番演训、一番化妆打扮，正对角色。也多亏了巧翠子麻利，当初并未被兵匪掳去。其间，巧翠子逢场作戏，明面上豪饮，为的是激将兵匪狂饮，实则自己并未多饮。借机去厨房扬声打骂，却暗自传话，小声安顿一帮女人见机行事。

三娃子有巧翠子嗲声嗲气地搅和，本来就没有多饮，听得院子里兵匪脚步声，立即卧地打鼾装醉，蒙过了兵匪，待其调戏巧翠子时，悄悄起身，掏出腰间暗藏的绳索，不声不响就勒住了兵匪的脖颈，一下子就叫他出不了声。那帮女人觑着机会来了，便与院子中另一个值守的兵匪打情骂俏起来，弄得那兵匪放松了警觉，不经意间就连人带枪被放倒在地，几个女人按的按、压的压，纵使他彪悍一些，一时哪里能脱身，三娃子又赶得及时，三两下就将那兵匪捆绑了个结结实实。

兵匪既擒，大家呼喊起来。院门大开，庄人拥满了书房院，被蹂躏多日的女人们号啕大哭，诉说着碎姑，痛斥着从香子。庄人听着，悲愤交加。碎姑一家人扑倒在地，几乎哭死过去。激愤之下，三个兵匪被众人打得奄奄一息，有人更是将滚烫的开水朝三人的头顶浇淋，直烫得他们鬼哭狼嚎、撕心裂肺。直到戏靴子和四少爷来，才说服大家一面收齐缴获的枪弹，将兵匪暂且看押，一面着手厚葬碎姑，刻碑铭记；并叮嘱大家此次系草滩的劫难，纵使结局令人悲痛，但不辱先祖，也是无可挽回的事，曲曲折折之处不必过分纠结。

听说草滩人生擒了兵匪，罗保长一下子就冒了出来，又是嘉许，又是抚慰，发誓要为庄上请功绩，为碎姑报烈绩，煞费苦心地让庄人转交了兵匪和枪弹，带了一队人马，意气风发地押解上路，要到县府请功。三个兵匪也十分凶悍，尽管枷锁在身，加之浑身烫起的燎泡溃烂流脓，挪起脚步来咬牙切齿，但临出草滩时却冲着人群喊唱起曲儿来，有一个还打趣道：

"十八年后又是一条好汉！"

贼匪本性，可谓冥顽不化。

押至县府，办完交接，县长十分高兴，上呈上峰以期嘉奖。奖金批下来，县长见钱眼开，便将奖金截留，又恐不能自圆其说，干脆将所有嘉许状一概扣发。

罗保长率领多个护从停留多日不见动静，实在忍耐不住，便前往县府打探，不料被县长一番苛责：

"杀人偿命，造孽抵罪，欠债还钱，天经地义。但国法典垂，不可私替王法。兵匪作乱，保甲缉拿本是职责所系。既已擒获，应立即解送转递，缘何擅施肉刑，致其皮开肉绽？民国气象，竟至如斯亵渎？"

罗保长见责，轰然惊魂，万千祈饶，差点不能脱身，败兴而归。

从县府一趟来回，罗保长既赔钱又丢人，思来想去，还是越发恨起了草滩：本来就一直有过节，三娃子的事还未了，选甲长的事还落空着，兵匪身上的燎泡又是谁人弄的？害得他邀功不成反有了罪，一定要找到元凶！想到此，他便预先放出话来，说县府追究私自报复人犯的元凶，限期自首，听候处置。

罗保长心想拉了县府的名头，该人一定会畏惧，也必然会偷偷地拿了好处来，求他这位保长去打理周旋。不料限期已过，不见有人登门，未免怒从心头起，带了手下一伙儿人，气呼呼地去往草滩庄上。

经历了兵匪之祸，草滩人又警惕起来。罗保长一行刚上山梁，就被草滩的一伙儿巡哨的少年截住。少年们见罗保长气色不顺，一定是又来找什么碴儿，便故意刁难起来，你一言我一语，问到底将兵匪押送到哪里了，领了什么奖赏，可有草滩人的份儿。七嘴八舌，句句直戳罗保长的痛处，横在道上就是不让过去。罗保长气歪了嘴，喝令手下动粗，却听得有人讥笑起来：

"几把土枪，就想耍野？草滩人连扛洋枪的兵匪都擒拿了，还怕这几杆土枪？"

腔调很耳熟,眼一瞥,原来是三娃子在大伙儿中动着嘴。

"上次你的事还没完,这次来与你无关,我奉了县府的命,专抓拿开水浇兵匪的人。县府有命,非同小可,谁敢作对?"罗保长一字一顿,牛气十足。

不料三娃子一拍胸脯,毫无惧色地说:

"三个兵匪,都是我亲手拿下的,拳打脚踢、浇淋开水,也是我干的,要拿人就冲我来,就看你几个护从的身手了。"

这话倒把罗保长当场逼到了墙角,不得不交代手下准备动手。但草滩人对付兵匪的事已经传得神乎其神,罗保长的人尽管有土枪在手,却总是左顾右盼,不敢有稍许动作。罗保长自知又丢了人,只得虚张声势地咋呼起来:

"今天的公差是奉了县府的命,就是有兵匪来也不敢挡道。三娃子,乖乖地跟我走是正理!"

话音未落,人群中有人指道:

"那不是兵匪真又上山了?!"

大家不约而同地望去,确实有一队兵马上了山。罗保长大惊失色,招呼一声,慌不择路,领着一帮手下撒腿就跑,隐没在山垭中不见了。

三娃子安排人火速给庄里报信让他们撤往堡子,自己则和其他人埋伏起来,暗暗地窥视。只见一行二十来人,多数是军兵,全副武装,带枪步行。最前面两个骑马的还腰别短枪,显然是长官了。后排四个人也骑着马,商人打扮,其中有一位老者,须发皆白,指指点点地说着什么,队伍里不时发出轻松的笑声。

三娃子寻思,这些人看样子不像打劫的兵匪。趁着来人还有好一段上坡的山路,他吆喝起来,问来人是什么人。只听队伍里有人高喊:

"是王家的三少爷回来了!"

家道再旺

果然是三少爷回来了！这些年，三少爷在口外，与伙计们艰难营生。长线的商路不通，只好就近经营，兵戈不断，受尽了磨难。直到半年前，口外营生之地驻军换防，新来的军旅长召集当地商户东家训话，三少爷也是奉召的商户。军旅长远远地站在台上发话，三少爷听着便觉得亲切。倒不是军旅长讲了些啥，而是听军旅长的口音，三少爷发现他完全就是个家乡人。这么多年流落口外，与西汉水的故土远隔千山万水，除了身边那些跟随而来的伙计外，听到的都是南腔北调、五花八门的外地口音。如今遇着这个操着故土乡音的军旅长，三少爷不禁欣喜若狂。当时人杂场面大，军旅长一番铿锵训导后就被当地乡绅前后相随拥走了。接着是地方长官训导，大意是新来的劲旅与民秋毫无犯，军旅长亲自前来训话，为的是稳定治安云云。三少爷也懒得细听，只一味地盘算着如何能打听到军旅长的底细。自己到旅部去了几次，无奈哨位森严，不容通融。后来思得一法，知道地方长官必然也想结交新来的军旅长，便透风说与军旅长本系老乡，祖上就有交情，只是这些年兵荒马乱，互不相知而已。地方长官闻知此信，立马屈驾前来攀附，三少爷倒是镇定自若，该说的说，不该说的故作神秘："只要你提起西汉水川王寨王家，保管他也屈驾前来。"

地方长官辨得三少爷与军旅长真切是一个口音，于是便满怀期待地去了。三少爷倒不担心，想着万一对不上，就说怨自己弄错了，谅也不会怪下大罪。没承想，第二天一清早就见地方长官笑容可掬地来了，邀请三少爷一同去旅部赴约，说是一提起西汉水川王寨王家，军旅长就大为感慨，对三少爷也十分景仰，再三叹息说："岂料能在口外相逢！"还说若七转八弯的真能算作亲戚。军旅长已备下茶宴，等三少爷在旅部相见。三少爷一听，大喜过望。平日里威风八面的地方长官显然已殷勤谄媚起来，三少爷稍作整饬，就随同去了旅部。老乡相见，乡音绕梁，格外亲切。叙齿论辈，军旅长应称三少爷为远姑舅。于是二人茶叙半日，饮宴多时，执手依依惜别。

原来，军旅长系西汉水宗家沟门人，与川王寨相距十里。自幼家贫，随父兄闯荡河西。弱冠之年一人走出星星峡，辗转到了南疆，加入军垦，在行伍之中摔打多年。如今不满三十，竟已执掌一旅人马。前段时间，奉命东出参战，赢得绝佳战绩，回师西去时，上峰又指令屯驻口外，如果战端不起，大约要长期驻守了。

从此，三少爷有了和军旅长的关系，巴结攀附的人络绎不绝，特别是地方长官更是大开方便之门，三少爷的生意自然又红火了起来。闻知三少爷离开故土多年，音讯全无，军旅长便用了军旅的路子，于是三少爷一路走州过县，道道关防，悉数有军兵接送护持。

瞧着当年青草如毡、荆棘遍野的牛羊山庄，如今成了块块庄稼地、茅寮庄户人，三少爷触景生情，眼泪止不住地流着。这么多年身在口外，故乡的变故令人感慨，但世道浇漓，自己也艰难苟且，勉强营生，对故乡只能悬心记挂、抹泪梦萦，无法眷顾了。想到此，三少爷老泪纵横，哭着翻身下马。几个军兵连忙搀扶，其他人也一齐下马，缓步来到庄边。早有三娃子一伙儿报知此信，庄人都聚在了路口，四少爷、戏靴子一辈白首弓背的老人，与三少爷垂泪相认，哭作一团，跪伏一地。

因为一同来了许多护送的军兵，庄户的一些婆娘便一齐聚到书房院帮忙，打发军兵们的饮食。带兵的长官见庄户萧索，实不宽裕，加之三少爷一路劳顿，家长里短千头万绪，也就不多打扰，用餐完毕就起身告辞，说是军务不敢慢怠，需急切回营，不日地方长官还要前来造访。三少爷会意，也不便挽留，只交代回复地方长官时转致谢意。

送走了军兵，书房院聚拢了更多的庄人，大家七嘴八舌，只叹往事不堪回首。三少爷原来的三房妻妾、十几口下人，如今死的死、散的散，只有正妻刘氏一人挣扎守望，头发已是雪白，神情亦很迟钝；两儿三女，大儿子一直随他在口外，留下的二儿子也快到了知命之年，虽艰难度日，倒也儿孙齐全。三少爷念起大少爷、二少爷来，瞅着两房遗脉，不禁又大恸悲戚。

后来的几天，除了凭吊祭祖外，三少爷总窝在炕上，守着个炭盆煨茶，东拉西扯些话给刘氏听。刘氏安静地听着，也懂也不懂，也笑也抹泪，总显得生疏、迟疑，言语上有些糊涂。四少爷不时进来，庄里的老人也不时进来，攀谈茶叙，说起过往而今，真是云烟如梦。

不到半月,县里的军政长官又要造访,罗保长奉命先期知会。罗保长听说当日正是军兵护送三少爷回乡时,惊煞得他和手下落荒而逃,不知如何是好,恰又接获上司指令,便在慌乱中命人宰了一头猪、一只羊,备齐了三件官样大礼,命手下换去平日装束,穿着文雅些,械具一律弃置,抬上备礼,自己则是书生打扮,谦谦恭恭、气喘吁吁地上了山。

草滩的闲散少年见罗保长低眉顺眼地进了村,平日里那些耀武扬威的护从如今却肩扛手提、大汗淋漓地送着大礼来,未免怪声怪气的。罗保长倒见辱不怒,只一味地做怪脸吐舌头,心里却盘算着破局的妙法。他干脆叫手下们歇住脚,将一应大礼沿路边摆开,任凭草滩人围观指点,自己则只身一人去书房院拜谒四少爷。进得书房,见四少爷正手握书卷,戴着个水镜给几个孩童做讲习,罗保长便扑通一声跪在地上,声称给恩师问安,倒将四少爷吓了一跳。四少爷俯身细瞧,原来是罗保长,感到很怪异,疑惑地问:

"罗保长,今儿个又演的哪一出?"

"难道师尊忘了?当日家父领学生来王府私塾,还不是拜了师尊的高门?"罗保长低声细语地秉呈。

四少爷立马说:

"哼！这倒没忘。可这么多年，你也没认我这个老师哇。你的这么一出，孙猴子的七十二变都比不上。我老了，经不住你使坏。"

其实，四少爷早就反应过来了，知道罗保长这出戏的玄机，借故揶揄了一番。不过，罗保长能屈能伸，根本不把四少爷斯文的嘲弄当回事。他磕了三个响头，起身面向四少爷连连作揖，惹得孩童们哄笑起来。

"师尊莫怒，看，学弟们都在笑话我这个学长了。我老大不小了，让学弟们笑话，师尊脸上也挂不住。师尊想想，毕竟我也没有辱没师门，您老的学生那么多，有几个当保长的？"

罗保长装起顽皮来。见四少爷横了一下眼，立马接着说：

"当然，不能跟师尊的高徒比。就干这个保长，我也算是识文明理的，上司几次褒奖，得知是师尊的门徒，还说，怪不得哩！"

罗保长死皮赖脸、软磨硬缠，弄得四少爷哭笑不得，但也没办法。四少爷问他到底要干啥，就见罗保长央求着说：

"这不是三少爷回来了嘛，来给师尊道喜。三少爷这下可风光了，学生的上峰、军政两界长官，不日就要上门造访。学生一则是领命而来，预先做个告知，二则是备了点薄礼，来人了要款待，不怕府上拿不出，就怕一时凑不齐；三则是三少爷对学生眼生，又是多年在外，还请师尊引见，美言几句。有学生鞍前马后，让外人说道，师尊也体面些。"

罗保长察言观色，低声下气地央告着。四少爷毕竟老迈了，凡事讲求个和善，也知有礼不打上门客的道理。出得书房院，见庄人都围着罗保长的跟班和大礼哂笑，想想倒也难为，就依了罗保长，招呼沿路的庄人接礼迎客，自己则将罗保长引见给了三少爷。

从此，罗保长整天整天地蹲在草滩，操心着这里，挂心着那里，指挥着手下又是给路上铺石板，又是给溪上架木桥，如此等等，不一而足，还央求四少爷写了几幅标语。因为书房院宽敞些，屋舍也齐整，便被修葺一新，专候长官莅临。

那日，马步轻骑一溜烟，浩浩荡荡地走来，随后则是驮载的箱包，也不知是送来了什么奇珍异品。罗保长四处张罗，早已让看热闹的庄人噤声，招呼着三少爷、四少爷及有名望的庄人提早在村口候驾。人马一到，就见有军兵翻身下马，跑步向前，接着转身向后，立正喝令。官兵们依令下马整队。一个发福的长官和一个同样发福却着长袍马褂的长官上前，谦恭地做着自我介绍，原来正是地方的军政两界长官。罗保长连忙搀出三少爷相见。长官嘘寒问暖，十分和蔼。三少爷连连拱手称谢。众人随声附和，拥着二位长官进了书房院。大小军兵、一干随从，分别安置，多亏了罗保长的细致入微。

也是军旅长的声威盛，军界的长官洞悉三少爷与军旅长的私交，非但不敢怠慢，还想深切结交以便举荐。政界的长官能够与军界相与过从，更是求之不得。至于随属随僚，借机攀附，也是心向往之。就罗保长来说，逢此盛事，能在长官眼里显得像王家的半个主人一样里外操持，又能在三少爷和庄人眼里显得像长官的亲信一样里外通达，就是再得意不过的了。只是长官忽然问起当年围剿和押送兵匪的事来，不容分说，劈头盖脸就是一顿训斥，责成从速报上事迹，要大加褒奖。罗保长虽然脸上挂不住，心里倒很明白，知道这个黑锅背得值。这不，二位长官临走时，一致夸他办事细心，更是拍着他的肩膀，笑嘻嘻地勉励他好好干，激得罗保长直像个孩童见到了久别的父亲，矜持中充满了志得意满。

从此，罗保长的心思更加放在了草滩，聚焦在了三少爷身上，隔三岔五地上山请安。但毕竟与三少爷有些生分，便经常围在四少爷跟前套近乎。一日，罗保长正与四少爷在书房院的后屋闲聊，见一个小童手捧书卷进屋请教生字，四少爷和颜悦色，指教得很是仔细，末了还问他爷爷这些天可考问过功课。听得出，这是三少爷的亲孙子无疑了。仔细瞧来，圆圆的脸蛋白里透红，胸前的红缰绳、百家锁整齐地挂着。罗保长似有所悟，急切地问：

"属啥的？"

孩子脱口说出了属相。罗保长一听便急切地对四少爷说："刚好快到龙年，赎身的事可预备着了？"

"倒是提过，三少爷也没说个准话。"

四少爷见问，随口作答，也不在意。岂料，罗保长得了这个信儿，如获至宝，匆匆地辞别四少爷，回到镇公所，心思缜密地筹划起来。他要以三少爷孙儿的赎身大礼为由头，足足地显摆一番，妥妥地捞些好处。

原来，三少爷这个孙儿生在乱世，正值家道凋零，一落地家中就七灾八难的。祖母刘氏老早就向本庄老祖投保，许下了白盘长钱、猪羊大愿，给孩子套了缰绳，挂了铜锁。机敏的罗保长也正是看到了缰绳、铜锁就立马想到了赎身的事。按说，给孩子投了保，到了十二周岁非赎身不可，马虎不得。一来酬谢神灵，二来孩子从此可不受羁绊地成长。赎身仪式隆重，堪比成婚大礼，就是一般的人家，虽所费有限，但仪轨样样不缺。

罗保长费尽心思，先将此信透露给上峰，上峰正愁于找不到攀附三少爷的机会，得知此信，大合心意，以安民有方、崇尊礼仪、教化先风等名义嘉奖当地，更是安排了一系列赎身礼仪的事项。罗保长兜揽了许多民防、疏浚、赈济的活计，他马不停蹄地置办了货品，再三求告军政"两长"莅临察看民风。"两长"暗中会意，明里推托，忽有一日却猝然而来，言称巡视乡里已近半月，刚从邻乡而来，本该回辕，但既然顺道，就略加考察一番，不必惊慌云云。罗保长详陈细述乡贤风范，处处以草滩王家打比方。"两长"很有兴致，表示要亲自造访，还说不知三少爷孙儿的赎身之事，表示惭愧。罗保长一听，立马表示：

"小弟已粗备薄礼，略加整备，不劳长官挂怀，但请二位长官过目！"

军政"两长"一一过目后，见备礼丰厚，一定是用尽心思，一致大加赞赏。罗保长十分惬意。

听说有军兵抬了厚礼来，三少爷大为不解，旋即见罗保长低眉顺眼地导引着军政"两长"前来，便一边接应，一边露出疑惑的神情。罗保长明白端倪，十分伶俐地说：

"听说快要给孙儿办赎身礼了，二位长官特地先期祝贺，到时还要再到府上挂红致意！"

三少爷一听，诧异道：

"确有其事。只是心里才盘算着，不料已被长官知晓，实难承受！实难承受！"连连拱手。

军政"两长"只是笑眯眯地，以极亲和的口吻你一言我一语地说遭逢乱世，纷纷扰扰，孙儿长成不易，恰好爷孙团聚，赎身大礼理应隆重，筹谢神恩，孙儿多福、府上多福云云。

书房院茶歇毕，宴席备就，觥筹交错，个个容光焕发，话语不时谈到军旅长。

先一天送走了二位长官，第二天罗保长就又上了草滩，撺掇四少爷一齐来见三少爷，专门商量给孙儿办赎身礼的事。他不断提醒孙儿赎身礼与别人家不同，到时军界、政界、商界的来人必然多，庄上能抛头露面的人见识短，年轻些的又有些冥顽不灵，万万不可失了礼数。三少爷听着听着就犯了愁：

"给娃娃赎身，不是下了请帖的亲友才来吗？"

"哎哟，我的亲爷爷，您老没下请帖，二位长官咋就不请自到了，还提前送了礼来？如今的府上不比往常了！到时二位长官来，必然有一些部下跟从，达官贵人闻风而动，这都是官场的程式。既是给长官撑场面，也是与府上多交流，还能把人家急慢了？说句不好听的话，那些故旧亲友，自从府上有了变故，这些年躲得远远的，如今听到风声，必然会借故前来续情，还能把人拒之门外？"罗保长的话确实恳切。

见三少爷一时无语，四少爷便问罗保长：

"依你说，该咋办才好？"

罗保长见问，笑嘻嘻地说：

"该咋办，自然是千头万绪，关键是要有人操心。我也就毛遂自荐，干脆这个总管让学生当了，反正这搭子事不完，我的公事也不消停。"

"那不辱没了你？应该登门延请才是！"四少爷抢着话头，三少爷只是微笑。

"能为师尊家门效劳，也是学生的大幸。"罗保长直对着三少爷拱手。三少爷见状，也连连拱手。

自从当上王府孙儿赎身礼的管家，罗保长既得意又忙乱，见人就大肆宣扬，主意一个又一个，在外面指手画脚，见了三少爷则小声敛气地回明已办结的事，正在办的事，还要办的事，提醒着不可忽略的事，隔三岔五还往城里跑，在上峰面前自我标榜一番，既让上峰知情，又讨些嘉许和勉励，没日没夜，不亦乐乎。不过，三少爷到底还是放心不下，主动登门请了戏靴子，求他操个心。彼时戏靴子已显老迈，腿脚也不灵便了，但还是痛快地答应了，平日里看着是陪三少爷、四少爷喝茶聊天，暗地里却操着心，闲话中往往带出些要紧的事，特别是庄上那些跑腿出力的人，还得戏靴子调度，只是他心里有数，从不驳罗保长这个总管的面子。

罗保长时常往庄上跑，对草滩的各门各户已十分熟悉，眼里也看上了几个齐整的居家媳妇，只是不得便，动动心思而已。这下可好，成天蹲在庄上，又有总管的名头、办事的由头，便得空游西家、逛东家，说是讨教指点、商量派活，实则是觑着、逢着哪家男人不在家，一进门就屁股重，一拉扯就大半天，闹出许多闲话。王二怀看在眼里、听在耳里，一见面就拉下表姐夫的脸，甩出些重重的诫语。表姐如今体面了，在书房院进进出出忙里忙外，还经常陪着刘氏闲逛，遇到当保长的表弟，对他也是耳提面命，不厌其烦。罗保长唯唯诺诺，两下周旋着。

转眼正日子将到，王家请了这一带有名的阴阳先生作法。老先生带了七八个徒弟，先两日就开始写文牒、立神祇、扎长幡，一番操持下来，连家中跑腿的人都忙乱不堪。按说，那日晚饭后就该开坛诵经，平日里有些犯糊涂的刘氏却吵吵嚷嚷起来，三少爷、四少爷围在跟前听了大半天，似懂非懂的，经帮

家道再旺　　111

忙的婆娘们一番解释，原来是在提点青龙观的姑子。四少爷一听，皱着眉头说：

"这些年，观上也破败了，七八个姑子早就流散了，按说也有些年纪了。"

见三少爷没言语，众人就你一言我一语，有说见过某个姑子在何处的，有说听过某个姑子在何处的。三少爷便打发四少爷去问问阴阳先生。阴阳先生说知道的有三四个都成了居家吃素的善人，请她们来在祠堂念个善人经也好。于是四少爷差人先找着了一个，然后一个接一个，一下子找来了五个。姑子们都长吁短叹地感念王家还记挂着她们，围着刘氏抹了大半天的泪，诡秘地说了很多蹊跷的话。刘氏听着也说着，显得七窍灵通，一下子像变了个人。

经忏三天四夜，阴阳先生引领徒弟诵读了黄卷，其间摇铃敲鱼、擂鼓扬笛、舞龙祭拜、仗剑施法，不一而足。三少爷、四少爷率领阖族子弟虔诚跪拜，听得出似有超度先亡之意，一个个涕泪交加，直跪得双膝肿胀、腰酸腿麻。一旦歇息下来，下人立马上烟、上茶、上干果，供经师们打牙祭。阴阳先生全盘把控，间歇时也不忘抽着水烟嘱咐弟子们书文画符。五个姑子倒是自在，不时由几个婆娘陪同，簇拥着刘氏去祠堂吟唱一番，拿腔作调，也颇有程式。

经坛里，阴阳先生念经、主人跪拜、庄人照看、厨灶上饭，戏靴子对这些规矩很熟稔，罗保长倒不大用心，只是来来去去地绕着，听到戏靴子或三少爷说什么，就连忙补个后音。他明白，第四天才是赎身待客的正日子，才是他一展拳脚的日子。

正日子说到就到。一大早，阴阳先生施咒，屠宰猪羊，供上了一只羊和一头猪。三少爷的孙儿被精心装扮了一番，头上有戴的，脖颈有套的，总之要与神灵名下的魂魄相符，得像戏子一样表演一番过关煞。据说共有三十六关二十四煞，在阴阳先生及徒弟们的经咒下一一上演，其间夹杂着烧钱马、打醋坛、三姓三辈干亲及亲戚亲朋的保举。保举人都是挂红出银，有多有少，但大家心里明白，远道而来的达官贵人，所出必然不菲。

罗保长意气风发，一直呼三喊四地叫这个收拾桌椅，叫那个准备鞭炮，还打发人在路口瞭望着，好及时通报他前去迎接几拨十分紧要的贵客。跑腿的伙计很鄙视罗保长的跋扈，但迫于蜂拥而来的客人身份不一，又离不开罗保长的接应，便都怪声怪气地应承着。戏靴子看在眼里，变着法提醒大家不可误了正事。

阵阵鞭炮炸响，果真除了军政"两长"被一大堆陌生的达官显贵拥来之外，还陆续来了好几拨不知名的贵客，个个穿戴雅致、谈吐得体。"两长"拉着三少爷，为来客一一做着介绍。三少爷打着躬，神情有些恍惚。

来客无一例外，先上坛焚香跪拜，在阴阳先生的念念有词中挂红出银，接着就是坐席。罗保长邀请"两长"及贵客到书房院，这里清静宽敞，先上了盖碗八宝茶，大家茶叙一番后按身份入席就座。宴席总共三桌，几个互不相熟的客人推让座次，罗保长也不好排定，最后还是"两长"发了话，孰上孰下也就不再谦让了。

这样的场合，喊席不可或缺，也十分重要。这些天，罗保长琢磨着喊席的事。按理说，他是总管，喊席又是个出风头的美差，他要喊就没别人的份。可又一想，喊席就不能与贵客们一同畅饮了。思前想后，罗保长还是将书房院喊席的差事交给了庄上的一个老把式。那位老者胡须花白、颧骨高突、目光深邃，手里总拈着一杆挂烟袋的旱烟锅，言语有节，声音粗犷。在他抑扬顿挫的吆喝声中，伙计们进出有序，食客们吃得津津有味。

到了主人前来敬酒的环节了，罗保长很自觉地起身，引导着三少爷依次奉上敬心和谢意：

"都在酒里了!"

三少爷不便多饮,多数陪酒都由罗保长自告奋勇代劳了。

接着是四少爷敬酒。

接着是罗保长一一敬酒,从"两长"跟前敬起。"两长"无一例外,又是大加夸奖他精明能干,又是大加赞赏他不辞辛苦。几番奉承下来,罗保长只敬了长官一杯,自己反倒灌下好几杯。余下的那些贵客,把中听的话变着法地说,弄得罗保长在每个人跟前至少陪了两大杯,三个桌子转下来,已有些神情恍惚。随后长官亲自来敬酒,又是一个个似识不识的客人轮番回敬,罗保长愈饮愈爽快,眼也花了,耳也背了,庄边上二赖子妈的身影却绕上心头。朦胧中,罗保长见客人已是乱哄哄地互敬,自己便靠着桌子,颠簸而出,想寻个方便。

饮宴缠绵半日,"两长"起身,领着远道而来的客人们找三少爷辞行,却不见罗保长的影子。见"两长"酒里酒气地询问,四少爷慌了神,急忙叫人找寻。几个在外面嬉闹的小童说:"先前看见罗保长在二赖子家院前撒尿。"四少爷赶忙着人去看,罗保长果真一个人独自睡在二赖子家的炕上,吐得到处都是,还紧抱了个枕头打起了鼾。二赖子妈听说,飞也似地赶回家瞧,气了个半死。

家道再旺　115

原来，罗保长出得书房院，虽有醉言醉行，却一门心思径直到二赖子家，推开屋门，屋里空无一人。其实，二赖子一家老的都在三少爷的前堂后厨忙着，小的都在书房院周遭看热闹，家门只是虚掩着。罗保长独自一人进屋，又笑又骂又呕，折腾了一阵子。

戏靴子得知实情，当着"二长"的面说罗保长喝高了，找了个地方让人按着睡了，推也推不醒。"二长"一听，大笑不止，挥手而去。戏靴子随后着人将罗保长抬到王二怀家，嘱咐两口子看好他，别再闹出笑话；叫二赖子妈别再声张，让男人听到了也不是个事。

送走了"两长"一行，三少爷便如释重负，进得堂屋，刚想小憩一阵子，却见四少爷领来一位老者——须发花白，长髯齐胸，弓背屈腿，拄杖喘气。瞧着似乎有点面熟，三少爷脑中又一下子一片空白，起身让座时，就听四少爷开口做着介绍：

"三哥，认不出来了？这是上街里的张师傅！"

"噢！张师傅，您老咋上山的？"三少爷吃了一惊。

"孙儿牵了头毛驴，驮我上山的。看你都老了，我就更老朽了，气短，几步就得一歇。"张师傅喘着深长的气，嘴唇干裂泛青，一边自嘲一边被扶进圈椅，沉沉地坐了下去。

这位张师傅，是川道的上街里人，未及弱冠就中了秀才，开了一辈子的义塾，声名远播，四少爷也是他的门生。张师傅最得意的是将自己的胞弟直接教成了光绪六年的进士，一直在福建、台湾一带迁官任职。这位胞弟为官机敏善断，文韬武略样样过人，又能躬身体恤，特别是屡屡联络倡议南洋侨胞捐资赈济闽台灾情，有口皆碑。至清帝退位时，张师傅的胞弟虽在道员任上，却已加了二品顶戴，升了一品封阶，并且封及父母。

到了民国，张师傅的胞弟心情不畅，总有些大清子民的抱憾，因背疮煎熬多年，赋闲调养。前年他忽然思乡心切，携同家眷三十余口踏上归程，辗转到西京长安时，闻知桑梓秦州地界爆发民变，只好寄居下来，迁延一年多，忽然沉疴复发，最终不治。至今家眷、灵柩仍在长安滞留，又因早年子嗣上不太顺吉，长子才年方十六，家里没个成年主事的，全凭太太撑持，妇道人家，实在难以为继。张师傅不辞年迈气衰，亲自上山登门，央求三少爷设法将胞弟的棺椁和家眷迁来，千恩万谢，不容推却。

张家这遭变故，三少爷断断续续地听说过，如今才知悉了详情。他明白，转运棺椁不是一件难事，麻烦的是大小家眷三十余口，有老有少，尤其十位妻妾，多数还青春年少。走州过县，跋山涉水，七百二十里之遥，许多路途险峻，盗贼猖獗，万一有个闪失，如何应对？况且其所携资财必然不少，外贼内奸，都得提防。三少爷自己在那一路上未曾走过，无所结交，确实是犯险的事！但瞧着张师傅一滴滴掩饰不及的老泪，还能说些什么呢？只好一面安抚张师傅放下心，一面答应下来，说容自己想定个好的主意，不日下山登门定夺。

第二天晨起，四少爷拿了礼簿前来，让三少爷过目。瞧着"两长"一行人所行的重礼，三少爷便十分不安，知道都是冲着要走军旅长的门路来的。收人重金，替人办事，"两长"若得不到军旅长的提携，到时就难堪了；也只有"两长"得到重用高升，那些应"两长"之召前来捧场的贵客才能雨露均沾、个个称心。三少爷想到这些就很烦闷，又发现张师傅也行了大礼，便责怪了一番四少爷。

"没办法，我先是陪着喝茶说话，又陪着他吃了几道烂熟的菜，见长官那拨人走了，就领了来见你，也没见他去行礼，晚上才知道是人家孙儿行的礼。他家那么大的事，乘机求上门来，必然要行重礼。就是人家张师傅要我陪着行礼，我一个当学生的又怎敢驳？惹急了倒挨一顿训斥，我也得受着。"四少爷无奈地辩解着。

说话之间，罗保长羞怯怯地走了进来，自我嘲弄着说没把控住，被长官灌大了，把人丢到家了。三少爷不理睬，四少爷也不便说啥。罗保长一进院子就听闻大家在说张师傅家的事，便赶忙接着说：

"张师傅几次央我领他来，我都没答应。给孙儿赎身的事，倒是我先给他透的风。其实人家迟早会知道，也一定会来的。"

"你这个风一透，他恳切地上山来，说下那么大的事，谁能担得起？"三少爷怪怨起来。

罗保长倒很沉稳：

"三爷你说，方圆百里，几架梁上，方廓周圆，你要不管，谁还能办得了这遭子事？也是乡里乡亲出了个人才，尸骨在外，总得给人弄回来才是个事！"

这一番大道理，倒令三少爷无话可说了。

毕竟是个在外闯荡了大半生的人，艰难险阻、惊诧变故、生离死别，这么些年，三少爷也算看透了世道人心，什么样的磨难没经历过？只是历经江湖就更明白江湖的凶险，知道这趟远行的不易。

他成天跟戏靴子闲坐，将庄上的几个机灵少年翻来覆去地品评，除了三娃子他们几个，又挑拣了山前岭后的几个，合共集拢了十来个人,不分黑天白夜地在书房院训演了七八天,算是有了一个商队的样子。

关山渡险

草木葱茏，流水淙淙。正是初夏时分，一支骡马车队顺山而下，又沿川而上，在青龙观前会齐。张师傅弓着背，颤巍巍地拄杖而立，子侄们都肃穆地站在路边。老先生很有古风，今日这个排场，算是他对三少爷一行的送别。但毕竟有所托付，心事也重，一一洒泪敬酒，泣不成声。接着是子侄们敬酒，罗保长也领着手下敬酒。他早早就候在那里，又是跑东又是跑西，又是慷慨陈词又是柔话暖心，却总看三少爷的眼色行事，还不时小声提醒着许多事。按照三少爷的意思，只准张师傅家与长安那边经常往来的两个子侄随同前往。眼见场面有点感伤，三少爷抬头看了一下天色,也顾不得什么,吆喝一声,上马挥手,催着骡马车队出发了。

商队一路向东,穿铁堂峡,翻齐寿山,在太阳山下分作两路:大部分人马北去,直抵渭河源头一带,广收当地土产,如辣椒、药材等;三少爷领着小部分人马,过渭水,沿牛头河而上,径直到关山脚下暂歇。驻留五日,前往进货的人马满载而来,商队重新会齐,于是整备一日,拟翻越关山。

关山难越!坂道九回,得穿山越岭七日,令人兴叹!

晓行夜宿,已到关山深处。这里也是十分荒凉的地方,村落都不大,零星地散布在山岭沟岔间。山野的短歌不时随风飘来,高亢而凄怆。不时碰到的山里人虽显苦楚,精气神却很硬朗,说话简短犀利,一律称外人为"客"。

艳阳如火,汗滴如雨,人困马乏。好不容易走到一处林荫之地,三少爷便叫歇下脚,大伙儿卸下驮载辎重,解开骡马觅食,又汲来泉水,拿出干粮充饥。渐渐地,有人打起盹来。

一声口哨响起,连人带马一齐惊煞了。还没等大家做出反应,七八个腰缠红带的彪悍猛汉就突至面前,利刃在手,寒光逼人。

"好汉,莫性急,我们是些贩子,贩辣椒、贩药的。"

三少爷料到会遇上这等事,但突如其来,也很惶恐,急切地表白着。

"客是侉子!"

一个为首的汉子只说了这么一句话,便拿刀挑着大伙儿脚下的包裹行头,无非是些破旧的衣衫,再就是熟干面和招惹着蚊蝇的酸菜饼。接着他走向辎重,一刀一刀地扎下去,露出的不是辣椒就是一味味药材。

"都是些烂货,能值几个钱?走咧!"

那汉子见是些穷酸贩子,泄了气,招呼弟兄们撤离。只听到一个不甘心的人高声喊道:"大哥,把骡马拉走!"

"愣娃,抢了骡马,客咋走?都领到你家招亲去?"

汉子牛气哄哄地训斥着,惹得手下一阵大笑。三少爷他们急忙跪伏在地,磕头作揖,感恩连连。

汉子领弟兄们刚要离开,却又回过头来,扔下一支梭镖说:"拿上这个,要投店、要吃面,没人难为。"话一说完,扭头离去。

果真随后的几日,不但投宿餐饮,就是间或路遇强人,只要拿出梭镖,都很管用。大家一路而行,愈发感念起那些好汉来,特别是那位丢下梭镖的汉子头。

关山渡险　123

七日之后，这支疲惫的商队总算走到了平川大道。

这个传说中的四塞之地，确实名不虚传，一马平川，阡陌纵横，人口稠密，座座城池都写在戏词里，令人神往。但看景不如听景，在到处弥漫的蝉鸣聒噪中，更加闷热难当，蹒跚的人们个个像抱着一团火，无论如何也难觅一丝半点的凉快，不时遇到的种种盘查又令人精疲力竭。地痞混混最好欺侮外客，瞧着有侉子来了，变着法惹是生非，横来的刁难一拨儿又一拨儿，惹得商队的伙计们几次想动干戈，但都被三少爷喝止，免不了丢下一捆草药、一串辣椒了事，忍气吞声也是为了不乱大谋。不时有人建议走夜路，清凉一些，也能避开白日里浪荡混混的纠缠。但三少爷觉得盗贼难防，毕竟白天熙熙攘攘，光天化日之下料无大碍。于是他坚持不走夜路，只是傍晚歇脚得早，临晨起身得早。

终于到了长安城下，高耸威严的城垣令人肃然起敬。骡马车队自城门鱼贯而入，引得市井之人免不了瞧上几眼，指指点点。古都皇皇，大家像受阅的将士，连骡子马匹都昂首阔步，是一路走来最精神的时刻。在张师傅两位子侄的引导下，商队走进一处宽敞的客栈安顿下来。所有人都沐浴了一番，换上店家送来的衣衫。那个店家显然与张家相熟，晚餐时上了烈酒，大家大快朵颐，豪饮起来。三少爷叮嘱了张师傅的两位子侄几句，张师傅的子侄就告辞了。

第二天晌午，三少爷正安排大伙儿去骡马市出货，就有车载着张师傅的两位子侄前来。三少爷一项一项安排完毕，便被张师傅子侄搀上车驾，扶辕而去。

车驾在一处朱红高门前停住，三人下车进院。这是一座三进院的大宅，据说是张师傅胞弟当年任上的同僚提供暂住的。先到后院的堂屋，一副雕漆的棺椁停放在堂，三少爷焚香行礼毕，又被扶至中庭。只见一大群女眷，素衣素面，戚然站立。一位稍显年长的男人上前，操着连听带猜才能明白的外方口音，自我介绍说是太太的族弟，然后将女眷一一做了介绍，十位妻妾依次屈膝点头。大家坐定，上茶，彼此寒暄，自然是张师傅胞弟的太太道苦道累道感激，说起亡灵辗转之时、淹留之期、溘然之刻以及后事之难，妻妾们个个垂泪，纷纷掩面而泣。三少爷见场面令人揪心，不好细谈，便安抚女眷不必焦虑，等商队的货物出手后，就能上路。随后到了午饭时刻，太太姨娘们显然不便，作陪的除了与张师傅同来的两位子侄，还有太太的族弟，以及五个大小管家。

三少爷年长，被张师傅的子侄按故土规矩请到上座。侍者上茶，太太的族弟一一介绍在座的人。三少爷对管家十分留意，五位都在座，一位总管，年纪稍长；两位账房，面容清瘦；两位执事，一位老年，一位壮年，那位壮年执事面庞白皙，举止得体，陪坐一旁，里外侍应。太太的族弟说："按张家规矩，账房、执事，一律尊称为管家。"

宴席开始，三少爷虽年长，但今日却很是善饮，凡有提议，皆一饮而尽。轮到挨个敬酒时，你来我往，大家便有些酒酣耳热。其他人都以各自的托词略饮一点或干脆以茶代酒，唯有那位壮年执事，像是一定要尽到地主之谊，连连饮酒，杯杯见底。又乘着太太的族弟离席方便，蹭到三少爷身旁拉家常，说千恩道万谢，推杯换盏，意重情长，又说大姨父如何如何英明，太太如何如何含辛茹苦，他又如何如何操心奔走，三少爷又如何如何英雄仗义。又问三少爷有啥江湖手段，这趟江湖该咋走。说着敬着，敬着碰着，碰着饮着，壮年执事仰头就干，言语也轻慢起来，龇牙瞪眼，其他陪坐的也不好劝解，等太太的族弟再入席时，他已经醉眼朦胧。三少爷倒把控有度，举止有范。经问询，方知这位缠磨的执事诨名唤作鹧鸪，原是太太大姐妯娌的儿子，喝多了开口就是姨啊姨父的，平时都是称呼太太、老爷，很是谨小慎微。

听着有人在三少爷面前戏谑他，鹧鸪忽然抬起头，含混不清地嘟囔着，似乎很不服气。三少爷看了一眼太太的族弟，二人会意，便起身举了辞壶酒，离了席。三少爷被搀到院中一个叫水云间的小阁子茶歇，与太太的族弟闲话。鹧鸪酒气上涌，下人们约束不住，三番五次地冲进门来，笑一回怨一回，听得出，大约是要说些他人的不是，也有对三少爷既套近乎又摸底细的意思。太太的族弟阻止不住，神情略显尴尬。最后还是张师傅的子侄出马，将鹧鸪搀走。稍后，三少爷被搀到前院的客间暂住。

此后几天，三少爷或停留，或去客栈会伙计、与张家管事详谈，碰上不管事的人也闲扯，又与客栈的店家闲话。那店家是张家的故交，品性敦厚，张家官爷一撒手，他也操着一份心。

三少爷耳闻目睹，总算知道了一些底细，也明白了这趟行程有多凶险。灵柩要运回，财物要运回，全家老少都要运回，必得万无一失，谈何容易！听店家还说："张家官爷饱读经诗，少年中举，翌年又进士及第，结交了许多儒雅学究，致仕终老，又与海外侨胞交好，珍藏一套稀有的古籍，也不知从何处得来，据说已累世失传，极为稀罕。自到长安以来，屡屡与店家提及，要将这套古籍捐赠。弥留之际，不知可有叮嘱？也不见家人间或提起。如要运回故里,听说要满装十几箱,路途险远,万一有闪失,于公于私都是大不幸。"得知了这件事,三少爷的心里就更加纠结了。他琢磨古籍不比常物,装运起来又占地方又占斤头,根本无法藏匿,识货的知道价值连城,不识货的又能明白个啥?驮载上古籍,走起来就不轻快,能躲得了强人?万一遇上不识货的恶徒,放一把火烧了,那自己岂不成了千古罪人?越想越觉得事关紧要。

其实,张家官爷确实珍藏着这套古籍,也是慧眼识珠,偶然得之,并未费多少银两,却是典藏所缺,诚为无价之宝。这么多年,他念兹在兹的唯有这套古籍,夙愿是在临将终了时奉公捐赠。滞留长安后,得知故土生乱,担心装运古籍回老家等于自投险境,凶多吉少——要么古籍被毁,要么引来满门之祸。想到这些,他便有就地捐赠的打算。兹事体大,为免得招摇,又怕搅扰官府,他一直拖着。后来背疮复发,身体渐感沉重,就书写了捐赠的遗嘱,一一明示家人,让太太收藏。不料前脚辞世,后脚就有家人起了异心,声称如此经典,非盗非抢得来,何不当作传家宝,代代相传?况且老爷为官一生,虽有家业,但不比那些一味搜刮的。如今老人西去,留下家眷、下人一大堆,前路莫测,就是低价转手古籍也说得过去,免得老爷的遗孀、骨肉将来受穷，老爷地下有知，也能见宥。这话一出，有人相互掸掇，太太也没了主意，唯叮嘱家人不要乱传，于是捐赠的事至今密不透风。

那天，三少爷传话给张师傅的子侄，要与成年的家人商量要紧的事，不要外人在场。太太的族弟和几个管家听说后，心里都有些不是滋味，但也无从打听具体要商量些啥，料定必然是大事，不外乎何时走、怎么走。其实，要商量的事，只在三少爷心里。按三少爷的提议，大小妻妾十位，在家的成年子侄八位，都集聚在后院停灵的堂屋。三少爷一来，就闩了后院的大门、角门，整座后院再无任何外人。

当着众位妻妾和子侄的面，三少爷在灵前烧了香，念念有词："官爷泉下有知！兄弟受大爷托付，不辞险远，长途跋涉半月有余，专为奉接灵驾，其间暑热饥渴煎熬不说，强人恶棍更是成天搅扰，险遭意外。此行除转运灵柩之外，还有家人、财物，加之有女眷上路，抛头露面，都很心悬。世事纷乱，贼盗横行，尤其关山漫道，断然不可轻易而过。今日与家人在灵前商聚如何行走转运，务求万全之策。"

一番祷告下来，妻妾和子侄们都肃然生畏，个个恭敬地站在那里，好像老爷的英灵就在眼前，犀利地体察着各自的心思。

"他三爷,我妇道人家,见识短。也是交情深厚,您老才冒死前来。有啥嘱咐,您老尽管说。"太太一边招呼子侄们扶着三少爷坐下,一边开口表态。

"灵柩的事,自不必说。老少男女三十余口,长途跋涉,是件大事,不过我已有了盘算。细软银钱,不必细究,只需账目清楚即可,到时交割。不明的是还有哪些贵重物件?"

三少爷引导着话题,听来也很有道理。

太太面露难色,沉吟了半晌,几次欲言又止,最后缓缓地说道:

"都是在南省搬运来的物件,那时是有老爷在,交付管家办的,账房跟前有张清单。"

三少爷一听,只好把话挑明:

"大件的物品,太太应该有数。商队就十来个人,骡车马匹有限,在强盗眼皮底下过,贵重物品如果体大惹眼,就万万不敢转运了。"

太太一听,又迟疑起来,看了大家几眼,接着说:

"老爷在世时,特别爱惜一套珍贵的古籍,特意从南省转运来。我想既是老爷十分珍惜,也可当传家之宝,应该运回故里。不过卷帙浩繁,足有十二大箱。"

"灵柩、细软银钱、大小人口，我答应的我担当。太太刚才提到的，我实难答应。如果太太非要转运，出了事怪怨谁？还会殃及其他的转运品。"三少爷郑重其事地说。

众人七嘴八舌地嘀咕了好一阵，也有人小声地埋怨起来。正在乱哄哄时，却见一个年轻的小妾抛出一番话来，令人诧异：

"要我说，脚户没本事拉走，不能强求。谁都清楚，老爷最珍惜的就数那十来箱古籍，即使拉回去，穷乡僻壤的地方谁又识货？还是寻个买家脱手了的好，如果一时脱不了手，就把鹧鸪留下来，好办成这件事。"

"好一个不知廉耻的货！大庭广众的，哪有狐媚子说话的份？"太太听着不顺耳，惹得气上心头，训斥起来。

不料那小妾也毫不相让：

"大热天的，既然把大家关到这鬼地方商量事，谁都有说话的份！"话说毕，仰脸朝屋顶，对太太嗤之以鼻。

太太勃然大怒，直冲到那小妾面前，指着鼻子吼道：

"你说这是鬼地方？鬼是谁？老爷死了，就睡在堂上，纵然心有不敬，多少收敛些！"

这一下，倒唬得那小妾低了头，堂屋内的家人对她也怒目而视。

关山渡险

其实，这个小妾在张家官爷的一众内室中排行第八，称八姨娘。老爷在世时，她仗着青春娇媚，常搬弄是非，太太恼怒，许多家人也嫌弃。自从老爷去世，一家老小守着灵柩待在长安，无不操劳忧心，唯八姨娘搔首弄姿、怪声怪气的，遇事还好煽动挑头，数她主意多，太太都看在眼里。尤其让太太警觉的是，八姨娘似乎有了花心，族弟、家中的丫头和另外几个姨娘几次提醒太太，说是八姨娘总与管事的鹚鹕眉来眼去，还有私传信物的风声。鹚鹕是自己大姐荐来的人，太太疑心，叫来绕着弯子说了几次，又想纵然八姨娘轻浮，鹚鹕还不至于忘情忘义，想必是平日里爱出风头，受人排挤也是有的。不料，近日里有关八姨娘和鹚鹕的不堪之事一桩连着一桩，加之鹚鹕酒后狂言失态，太太就更为上心，琢磨着打发鹚鹕回南省去。适才听八姨娘明目张胆地说让鹚鹕留下来办老爷古籍出手的事，太太感到很蹊跷，心想：岂不是坐实了众人的传言？不禁肝火攻心，但也不便当着子侄和三少爷的面发明火，可就是心绪难平，瞅着老爷的灵柩，不禁转怒为悲，放声大哭起来。众人慌了神，纷纷劝解，三少爷免不了也说几句宽慰的话。不料太太忽然拿出一个封装的纸袋，哭诉道：

"他三爷为了张家的事，冒了天大的风险，比亲人还亲，今日在场，也不是外人。古籍的事，我也顾不得许多了，干脆说出来，让他三爷也听听，拿个主意。老爷去世，一家子塌了天，人多口杂，遇上事情各有各的话，又指望着我能点个头。我一个妇道人家，实在担待不起。老爷的那些古书，也不晓得多金贵，在世时总当成命根子，也一直念叨着要捐给公家，告诫子侄说那不是居家户能占的。大家说，我说的是不是？"

太太顿了顿，见一屋子鸦雀无声，便接着一转话头：

"一直没有捐出，是因为那些东西伴了老爷大半生，一时难舍难分。但老爷病重不起时，态度决绝，硬是召来家人嘱托了一番，当着大伙儿的面将早已写好的遗嘱交给我。老爷就躺在堂上，谁敢说我说的话走了样？"

见还是没人吭声，太太接着说：

"老爷客死他乡，大家着实慌乱，又孝服在身，子侄不能主事，孤儿寡母应付着千头万绪的事。但还有人嚼舌根，好像对啥事都能评说，尤其爱对那十几箱子书说三道四，不把老爷的遗嘱当回事，许多家人随声附和，弄得我一时没了主意。今日，他三爷说清了路途上的风险，我也就横了心。依我说，老爷咋说就咋办，还是捐了。他三爷，你说呢？"

三少爷微笑着说：

"家事，我一个外人不便插言。刚有姨娘称我脚户，也名副其实。脚户行走，要害的是不出事。家藏的这件宝贝，我这个脚户无论如何不敢转运。至于捐不捐，还是太太拿主意。"

"听太太的没错，但太太也得顾大家的。这不是小事，众人都可说话。"八姨娘尖声怪气地说。

太太显然又被激怒了，站起身来厉声责骂道：

"好一个没廉耻的东西，当我不知道你的心思？你先给我行端正！"

八姨娘毫不相让，哭喊着撒起泼来，冲太太顶嘴道：

"我又惹啥祸了？有啥不廉耻？老爷一去世，你就仗着是当大的，横着竖着欺负我。我无儿无女、没牵没挂，随你的意，大不了随了老爷去！"

这么一闹，倒把太太唬住了。她愣了一下，眼泪止不住地滚下来，哽咽道：

"我一个吃斋念佛的，能有多恨你？这个家我当不了，谁要当谁吭声！"

众人一看这个场面，手忙脚乱地上前劝解，拉扯着太太和八姨娘各自坐下，没人再敢说话。

太太抿了几口茶，稍微平息了些，拿起那个封装的纸袋，缓缓走到灵柩前，将纸袋摆在供桌上，轻轻跪下，慢慢说道：

"供桌上就是老爷书写的遗嘱，我在灵前起誓，按老爷遗嘱办！"

说完，磕头起身，要家人挨个在灵前表态。这一招倒挺管用，除了八姨娘纹丝未动，在场的其余家人都依次上前跪下，照着太太的说法表明态度。

"看来，只有八姨娘不动不说话，其余的人都同意照遗嘱捐古籍。家事艰难，无法一一迁就，这事就这么定了。捐赠的事，下来我安排。启程的事，听他三爷安排。"

太太把话说完，就招呼子侄搀扶三少爷歇息，自己也相伴而出。家人纷纷散场，丢下八姨娘一个人呆呆地坐了好一阵。

自从张家官爷到长安，本就有当年的同僚接应，又经同僚结识了一些省府的高官，平日里也没少被关照。现在张家官爷殁了，经常操心走动的也有几位。捐赠的事，太太一定下来，就放出消息，省府当局闻风而动，以官方名义主动登门接洽，承诺举办隆重的捐赠交接大典，给予张家嘉奖表彰。只是由于省府财力所限，表彰贵在精神嘉勉，树仕宦楷模以引导风化。省府要求将张家的书童纳入省府文员序列，专职管理所捐古籍。太太听着高兴，一一答应。

启程的事，三少爷一再交代太太不得声张，物与人分开分批走，何时动身，临时吩咐，保密要紧。因此，太太只吩咐府上忙捐赠的事，至于启程的事，三少爷尚未给准话，她也就对家人亲朋包括省府相熟的官员闭口不提。

一天深夜，族弟忽然领了三少爷来。太太纳闷儿，料想必是来商量启程的事。不料一见面，三少爷径直说后半夜伙计要来起灵，府上其他人不必知道。太太似有所悟，也不迟疑，点头答应后，领了贴身丫鬟去灵堂收拾守候，放心让族弟和三少爷里外接洽。临到后半夜，果然来了十来个壮实的汉子，不言不语地将棺椁扎绑结实，用随身携带的木杠抬起就走，轻脚踏出了门，将棺椁歇到不远处的骡车上，便离开了。一家人熟睡着，看门老汉早被族弟支往别处，起灵的事再无他人察觉。后院之前停灵的堂屋，按三少爷的吩咐上了锁，贴了一道阴阳先生的画符。家人看见，以为有什么讲究，也不敢近前。

三少爷早已想定，让灵车单独先行一步，限一车一骡一棺椁，不带任何财物，押灵的就三个破衣烂衫的脚户，谅也不会出大事。一路而行，风餐露宿，一般人瞅见棺椁就躲开了，川原平道上遇着几股盘问的闲人，只说脚户营生，替人运灵，也就放过了。穿行庄舍时也会有风俗上的讲究，要么绕道，要么走些规程，也就过了。但在翻越关山时，先后被两拨恶人拦住，恶人十分猜疑，硬是掀开棺盖看究竟，结果看见尸体已腐烂发臭，惊恐之下一哄而散。三个脚户偷笑一番，重新钉住棺盖，继续赶路，倒是无人打骡车的主意。翻过关山，早有张家驻守的人接住，三个脚户用骡车拉了些轻便的土货原路返回，来去二十来天，又到长安。述说一路所遇，三少爷听了，大加犒赏，旋即去往棺材铺，定做了几副平常材质的棺椁，又告诉张家太太，尽快将白银换成黄金，连同所有细软、随身饰品全部造册，以小包封装，不日就要转运。太太随即吩咐下去，一家大小不动声色却纷纷忙乱起来。

八姨娘和鹩鸪很是烧心，原来二人已从两情相悦到情投意合，再到日思夜想，竟至于死心塌地了。乘着私会偷情，两人约言私奔，只是在寻找时机，要紧的是还要偷走些府上的财物，从此远走天涯，无忧无虑。如今太太忽然传下话来，不仅家财，而且连随身的饰品都要登记封存准备转运，催促得又紧，两人各自坐卧不安。恰好那日省府举办老爷藏书的捐赠交接大典，一大早，太太就招呼大家去省府，说此次大典是全家的荣光，尽量都去露个面。八姨娘一听，十分窃喜，心想也是老天有眼。她借口身体不适，留在宅中。鹩鸪也清楚时机来了，借着去各屋催促、安排车驾的机会,与八姨娘约好,随后陪同太太一行上了车,直抵省府,忙了一早上捐赠的事。待典礼开始后,鹩鸪偷偷溜出,驾了马车奔回府里,对留守的下人谎称是太太有吩咐,要搬些物品去省府,还说务必要八姨娘随去拍合照,大家也没起疑心。男女一对,巧妙地来了个金蝉脱壳,从此远走高飞。晚饭时分,府里上下才察觉到不对劲,报知太太,直惊得太太大哭起来。她一面吩咐下人四处寻找,一面要大家万万不得声张,更不得报官,出了这等家丑,只好包藏住。至于打探寻找,只是在附近打听而已,去去心结就罢了;况且大家都忙着搬迁的事,顾三不顾四,无可奈何之下,只得由他俩去了。

按照吩咐,财物被陆续带到三少爷指定的地方。那地方很隐蔽,停着几副棺椁,几个壮汉都是三少爷带来的伙计。财物被整齐地码放在棺底,上面再钉上一层底板,就这样隐藏起来。之前收集了几具倒毙野外无人认领的尸首,分别被殓入棺中。此次转运仍是三人一组,一车一骡一棺椁,就像押运张家官爷的灵柩一样,如法炮制,陆续上路。其间也有波折,但总算顺利翻越关山。

剩下的就是人了。三少爷明白,最头疼的是女眷,纵然随身不带一文，但女眷都细皮嫩肉的，一个个长得不是富态就是标致，盗贼绝不会放过，强掳为妇，或者奸害变卖都是有的。

转运灵车的骡车、人马一返回，太太就遵照三少爷的嘱咐，将灵车已安全转运故里的事告诉了老爷当年的同僚。那位同僚得知，十分称奇，很是感佩太太的胆识，也不住地念叨故里来人的能耐，硬是约请三少爷及伙计们吃了一顿盛宴，随后就将阎府人马即将动身的消息说与省府的长官。长官得知，立即登门探问，许诺以大车十辆、卫兵十人护送。只是关山路狭，大车无法通行，到时再雇小型轻便车辆。这些事务会交代当地县府办理，护送卫兵则全程相伴。听说从故里来迎的人马车驾也候着，长官便很称许地说非常好，会更加方便，也多了操心侍候的人。

一切安排就绪，三少爷却带着同来的三娃子提前动身了。

三少爷走后第五日，该是大队人马动身上路的日子。那日清晨，阎府老少进进出出，搬运着包裹和家什。当太太率领姨娘、子侄们出门时，官家的十辆大车、故土的骡马车驾以及随行伙计都已到位；省府的卫兵各牵坐骑，威风凛凛；相送的故友候在门前，纷纷与张家人道别。太太抹着泪，一一向大家致谢，看稀奇的路人站满了街巷。太太、姨娘和子侄们大都坐了大车，其他人则自便。

太太的族弟与老爷当年同僚的管家交割了宅子大门的锁钥，说了出发的话，就见两个卫兵催马奔向队前开道，人马车驾一齐出发了。

一路浩浩荡荡，也曾歇宿客店，每每行将住宿时，卫兵队长便拿着省府开具的专函去衙署，自然免不了官府大人的一番热情款待。渐渐地，自太太起，家人们都有些纳闷儿：这么体面、顺畅的行程，故里来的那位三少爷也太过故弄玄虚、小题大做了！

一路观光而行，少了守孝伴灵的悲愁，沿途的风物乡俗为大家增添了不少情趣和兴致，令人心情大好，不觉已抵近关山。

莽莽山岭真切地横亘在前，加之先有所闻的艰险与奇谈，目之所及，身临其境，一下子就令人畏惧起来。当地县府早已雇下小型轻便的车辆，以适应关山那蜿蜒狭窄的险道。

望着十辆大车掉头返回，听着车轮渐渐远去的声音，大家明显有些惆怅起来。不过，瞧着跨马而行的十个卫兵，一个个长枪在肩、短枪在腰，又令人十分踏实，猛然间又对这些不苟言笑的冷面硬汉增添了许多的亲切感。

漫漫关山道，英雄亦枉然。抬头天地远，低头步蹒跚。

一山复一山，一塆又一塆；山连着山，岭架着岭。坡陡路险，车辆和骡马极难前行时，一干人等只好下车步行，十分陡峭的地方还得互相帮着推一推。驾车的骡马喘着粗气，不时还被牛虻叮得扬蹄摆尾。骑行的骡马在陡峭处也得任其自行，即使在勉强可以骑乘的地方，太太姨娘们瞧着山路险峻，也惧怕得不敢上马，宁肯小脚碎步，有时四肢并用，艰难跋涉，又不能像男人们一样袒胸露背，暑热实在难耐，大概也到了平生最苦又最无可奈何的境地，只挨到下山坡缓时才能骑上骡马。但下山之后，又得上山。间或行过村舍，一歇气就动弹不得，只好住下，引得村野之人纷纷驻足，充满了好奇。如此走走停停，已过十日，方到关山深处，约莫才走了一半的行程。

一日午后，正是暑热难耐的时候，饥渴早已袭来，一行人个个口干舌燥、汗如雨下。前不着村，后不着店，无处歇脚，大家不知不觉间停顿下来，进退两难。骄阳毒辣，周遭也没个树荫可避，众人谁都顾不了谁，各自躲在岔道处寻阴凉，也有人找水喝、有人找干粮。忽听得有卫兵高喊："前头不远处有窑洞院落，像是几户人家。"大家一听，分外惊喜，不待人发话，纷纷起身，随了前引的卫兵，相互催促着向前进发。

人马车驾拐到岔路上，果然看见对面的山坳散落着几处院落。大家欣慰起来，精神为之一振。山路弯弯，转了个半弧形就到了院落前，寻来找去，几处院落空无一人，但米面锅灶一应俱全。太太得知，传话下来，叫大家聚在一处院落歇息，自行动手烧水做饭，等主人来了说明情况，多给些银钱就是了，谅也不会不依。村舍难觅，就在此处住一宿。大家一听，十分欢喜。

大家都很规矩，有人给牲口寻草料，有人进厨房烧火做饭，女眷尽量挤在窑洞的炕上歇息，男人无论主仆、伙计、护卫，都在院子的阴凉处坐的坐、躺的躺。饭熟了，虽是山野粗食，但每个人都吃得津津有味，下苦的伙计们更是狼吞虎咽。饱餐一顿后，困乏立即袭来，上眼皮打下眼皮，东倒西歪，纷纷呼呼大睡。

睡梦中，大家被呼喊声惊醒，许多人因为睡得太沉，猛然被喊醒后，一时间回不过神来。定睛一看，原来是那些护送的卫兵个个凶相毕露，手端长枪，拉起枪栓，有几个还对空放了几枪。大家立刻明白过来，卫兵动了邪念，变成兵匪了。窑洞里的女眷惊了魂，哭叫起来，被兵匪上前一脚踹开门，呵斥之下，再无啼泣之声。

"妈的，长官叫弟兄们来受苦，没想到弟兄们捞到了美差。

都不许动，谁动打死谁，枪子儿可跟你没交情！"

那个兵匪队长走来走去地说着匪气的话，满脸露着狰狞的笑，显得十分得意。其他兵匪也异常兴奋，发出狡黠的笑声。

"黑猫子，把那些宝贝箱子打开，看这一网捞了多少。"

听到兵匪队长的命令，一个小个子黑红脸的兵匪应声上前，走到码放行李的院角，见箱子都上了锁，喊叫着让来人开锁。太太的族弟只好唤起管家，从女眷和下人手中一一讨来钥匙。箱子一个个被开了锁、掀了盖，任凭那小个子兵匪翻看。见他越翻越狐疑，兵匪队长便喊起来：

"咋了吗？"

"队长，只有一些衣物和乱七八糟的东西，金银细软都不见！"小个子兵匪报告着，又生气又泄气。

"啥？狗日的！"

兵匪队长急奔到跟前，自己又胡乱翻了一通，气急败坏，骂骂咧咧地将太太的族弟和管家叫上前，举起短枪，边摇晃边叫喊：

"这么一个官宦人家，金银和细软都到哪里去了？不说实话就吃枪子儿，崩倒了喂狼，我弟兄连埋你都不用！"

枪口紧贴着脑门，太太的族弟本就有了些年纪，一时吓得尿了裤子。兵匪队长瞅见他如此不堪，就故意戏弄起来，又将枪口对准其裤裆，声称要在是非根上先放一枪，阉了再说。太太的族弟一听，扑通一声跪倒，爸爸爷爷叫个不停，连磕响头，泪如雨下，将故里来的三少爷如何先运棺椁，再运钱财，随后光明正大地告知省府长官并得到官府照应，以及长官拨调卫兵前来护送的事，一五一十地说了出来，并将三少爷带来的十来个伙计指认出来，将家中的子侄、婆娘、仆人连同太太各是啥身份，详细地说了个遍；最后干脆交代上路时也带了些银两，为的是路途上住宿吃饭用，但也不多，由两个账房保管，已花了些，他自己身上就二两银子。说话间他从腰里摸出那二两银子，恭恭敬敬地轻放在地上，让兵匪队长瞧。太太在窑洞中，听得清清楚楚，纵然已陷入生死境地，但耳听得族弟如此没骨气地怕死求生，又见一屋子女人都看向自己，不禁羞愧起来，隔着窗户喊骂了几声。

"去，叫窑洞里的女人拿上各自的包袱，排队出来！"

兵匪队长听到女人的叫骂声，眯着眼睛笑起来，边吼边朝太太族弟的屁股踢了一脚。太太的族弟哎哟了一声，打了个趔趄，急忙应承着，连跑带颠地跑向窑洞，推开窑洞门，朝女眷龇牙咧嘴，摇头使眼色，连连说着"活命要紧，活命要紧"，十分低声下气。

女眷心知没有办法,便一个个抱起随身的包袱,依次出了窑洞,又按兵匪队长的呵斥,统统将包袱丢在院中,由另外的兵匪解开查看。但将十几二十个包袱一一解开,一遍遍翻看,也就是女人们随身带的物件,再就是衣物,虽有碎银子银圆,却也不多。

兵匪队长一看这个情形,放声狂笑起来,笑得十分瘆人。笑罢又对着小个子兵匪大声呼喊:

"黑猫子,你不是没摸过女人吗?去,挨个儿把那些女人的身上都给我仔细搜一遍!"

又指着另一个兵匪喊道:

"你去搜男人!"

两个兵匪应声上前,动手搜起来。那个叫黑猫子的兵匪,笑嘻嘻地走向女人,似乎有点羞怯,但还是依次在女人身上乱抓乱摸。兵匪队长则对着黑猫子嘲弄着:

"奶子大不大?屁股圆不圆?可仔细些,女人夹带私货的地方多……"

一番搜身下来,也搜出了些钱物,但又能值个啥?

忽然,兵匪队长提高了嗓门,对着一院子的人吼道:

"明说了吧,上峰派了我,领着手下弟兄出这趟差,半道上哗变,得罪大家了。人为财死,我等弟兄也就是起了个劫财的意,不料失了手,这家子人也蛮狡猾的!反正我们弟兄从今以后就落草为寇了,干脆一不做二不休,把这些女人一律留下,充当我们弟兄的压寨夫人;车驾骡马也留下,我们弟兄用得着。听清楚了吗?听清楚了,该走的人都走!"

大伙儿有的听懂了,有的没听懂,相互观望着尚在迟疑,只见太太的族弟给兵匪们个个作揖,连声称谢,然后头也不回地一溜烟跑了。女眷哭成一片,太太已昏厥过去,兵匪们一面驱赶着男人,一面呵斥着女人,场面有些混乱。正在这个当口,却见太太的族弟又溜了回来,神色慌张。大家都很疑惑,兵匪们瞧着也感到奇怪,兵匪队长更是来了气,疾步上前,正要抬脚踹过去,就听得四下里喊声大起,刹那间院子里已突入一大帮人,端枪的端枪、拿刀的拿刀,红脸大汉个个杀气腾腾。因为来势迅急,又正值院子里乱哄哄的,兵匪有的来不及反应,有的被吓破了胆,纷纷缴械,束手就擒。

突如其来的变故让大家傻了眼,心想一定是遇到了大股土匪,指不定真的要死一回。个个正在狐疑之际,却见三少爷和三娃子走了进来,示意大伙儿别慌乱。大家又惊又喜,女眷更是扑通跪下直磕头,眼泪扑簌簌地往下流。那些县府雇来的人手,纷纷向故里来的伙计低声打探。三少爷见太太已昏厥过去,招呼子侄和众姨娘将其抬往窑洞的炕上休息。

原来,三少爷在商道上走南闯北,经见的事多了,最清楚顺境中的万一、长路上的不测、棋局下的诡异,凡事总从最坏处着想。自从省府的长官决意要派出卫队护送,他就料定平川大道上是平安无事的,况且经过的县府还要接待。但对关山险道,却没有把握:一来区区十个人的卫队,纵有枪械在身,但要照看大队人马,特别是还有不少娇弱、惹眼的女眷,晓行夜宿于深山僻壤之境,招摇于强人猛汉地界,实在难保万全;二来他对官兵从来没有好感,平生吃了很多次兵匪一家的亏。但他不好把心思透露给太太,怕妇道人家心小,一路走过来会太过心虚,只能说既是省府派了卫队护送,也就不用操心了,自己先行一步,联络老家的人半道接应,也好犒劳一下官兵,显出一片诚谢之意。太太听着有道理,也就欣然应允。

于是,三少爷带着三娃子先行,直抵关山深处,拿出当日那位好汉相送的梭镖,一路寻觅打探,最终被人带到了那位好汉面前。好汉据守在一个不大的寨子里,屋舍也很平常,见三少爷来,显得有些诧异,急问来意,三少爷便说有要紧的话得私下谈。好汉听了，也不着急，传话叫人上茶备饭，自己则出了门，几个手下兄弟也跟了去，留下三少爷和三娃子两人面面相觑，但立马就有人进屋上茶。少顷，饭也上来了，一直再无人相陪，倒也自在。

三少爷和三娃子吃完饭，好汉一人踱步而来，面带笑容，细问有何话说。三少爷便将张家官爷如何殿试及第，为官如何清廉，如何蜚声海外，又如何归乡遇阻、半道而殁，诸种境况述说了一遍，抱歉自己系万不得已才变着法子在地界上运走了亡者及其家财。现如今家眷要过境，恳请好汉看在亡人德高望重的分上，不要难为，到时一定厚礼重谢。

不料好汉一听，对张家官爷的德行十分敬佩，承诺一定传话下去，保证关山一路无人刁难，还怪怨三少爷小看了他们这些劫道的弟兄，说劫道也有道，否则上次碰上就不会放过。攀个交情也好，厚礼重谢就不必了，也是出于对死者的敬重。

三少爷便跟进着说，实在是对省府的卫队难以放心，进入关山道，关键还得求好汉让弟兄们暗中防范，一过关山，自己暂且留下与好汉喝茶，打发伙计先去张家取来重金酬谢，天地之间，绝不食言。

好汉一听，问起三少爷一向做何营生，三少爷便说起自己商道上的所经所历来。好汉听得津津有味，言语神态上明显流露出敬佩来，还说既是有了交情，不必说酬谢的话，吩咐一定照办。三少爷总是不依，说毕竟一路上多少弟兄，都不容易，也别难为了当家的。推来让去，最后双方言定：如果一路平安，只说交情，不言酬谢；万一有了事端，弟兄们平息下来，也可有功受禄，那时就听三少爷的。

于是，自从一行人马进入关山小道，好汉底下的人手就盯着梢，妥妥地防范着，也觉察到了卫兵鬼鬼祟祟密谋的蛛丝马迹。适才兵匪动手，全在掌控之中。

省府的卫队平素里吃喝嫖赌，匪气十足，只是在长官面前低眉顺眼。自从差事吩咐下来，那个小队长挑选随行，便挑选了平日里与他沆瀣一气的人，早就商量着此次机会难得，决意哗变，深信通过这一趟劫掠，保管一生吃穿不愁，也省得再在兵营里守清苦。不料魔高道也高，最终落到了旷野强人的手里，悔之已晚，实难保命了。这帮兵匪落到这步田地，一个个心胆破碎，哭天喊地，哀求连声。那位好汉与三少爷商量了一番，便呵令兵匪各自逃命去了。十个人千恩万谢，抱头鼠窜；好汉的弟兄们拿着缴获的长短枪械，十分得意。原来，他们手中除了几杆老土枪外，其余那些黑乎乎的洋枪，全是木匠做的道具，不过拿锅底灰擦拭得漆黑铿亮而已。

所有人都一下子放下心来，几个院落的主人也出面照应，原来都是好汉队里的人。对于族弟的言行举止，太太感到十分羞愧，呵斥其滚蛋，或要饭或当土匪由着他，让野兽叼了去也活该。话一出口，太太的族弟当着一院子道上的汉子，痛斥自己言行有失，央求好汉手下留情，只当太太没有这门堂亲。大家劝太太平息怒气，歇息后还有长路要走。太太余怒未消，任凭族弟想跪就跪着去。族弟跪着哭诉，只求留下，权当自己是条狗罢了。最后还是几个管家上前，拉到角落里训斥去了。

自此，出关山，走大道，故里的长官早已做好接应，一行人越过齐寿山，直抵西汉水源头的张家故里。那位好汉与三少爷的交情深了，有了惺惺相惜的情谊，经三少爷邀请，只带了一位手下兄弟随三少爷而来，一同赴了张家多日的谢宴，又与三少爷一起上山，在草滩那云遮雾绕的庄上居住了好些时日，方才依依惜别。

大道将行

张师傅虽然将运灵转财、护送家小的事托付给了三少爷，但心里却没底，特别是未料到家产也俱被安全运抵，大喜过望之后，阖族举哀，请来阴阳先生一班人做水陆道场，长幡招魂，日夜经忏，超度亡灵，悲天恸地。张师傅见胞弟所遗资财不菲，加之受胞弟太太的族弟和管家鼓动，竟特地请来工匠，为胞弟大造其墓，工程浩大。三少爷闻知，十分不齿，规劝了张师傅几次，见无法阻止，从此不再登门。张家来人请安，他也避而不见，只一心谋划起自家的营生来，盘算着尽早复通旧日的商路，心想北路仰仗着军旅长，南路却不易。旧日的伙计自南而来,说起打通商路的话就直摇头:"大小军阀把持着地盘,又互不隶属,还频频交火,长路的商贸不如往日。"三少爷一听这些话,心生许多烦恼。

南路贸易往来不成,三少爷便想到了迂回之策——何不将南边的土货转道阳平关,辗转过渭水,直入关山险道?进得关山,就能借上好汉的助力。他思前想后觉着可行,打发人去关山接洽。联络的人回来说:

"好汉满心欢喜,承诺说,若定了主意,一定鼎力相助,万死不辞。"

于是,三少爷重整了骡马商队,在阳平关设了货品集散场,借助长安的省府官长,勉强可以在蜀道上行走了,往来关山又有好汉的关照,总算绕着弯子打通了南北货运。从此,三少爷要么出口外,要么入关山,偶尔也去阳平关,间或上长安拜访长官,来往不定,忙得不可开交。有时顺道也回故里家中,经过上街里时,瞥见张师傅为胞弟修造的大墓,听乡人直呼其为"墓园子",便心生厌恶,嗤之以鼻。听说还是官爷太太的族弟与匠人有勾结,伙同几个管家从中牟利,得了不少财,三少爷便后悔当初在关山时没有发落那贼。他又听说张家结识了许多官路上的人,用一些罗保长和官爷太太族弟的手段做事,便又生出无限的惆怅来。

张师傅自从接来胞弟的灵柩、家产和女眷，阖府便显得十分耀眼。十里八乡的人平日里只知道张家出了位爷进士及第，官身显赫，传闻也很稀奇，但究竟是个什么景象，却没有亲眼见识过。如今千里之外运来灵柩，随行的资财必然可观，凭着葬礼和墓园的规模便可知晓。况且一下来了几十口人，南腔北调，个个气派十足，尤其是太太和姨娘们都光鲜靓丽，即使服丧期间素衣素面也别有风韵，看稀奇的人可算是眼见为实，叹为观止了。于是，大家经常把从各处听来的张家闲事编排起来，挂在嘴边。

这日，上街里蹲着几个懒洋洋的人，专门说笑打探，但凡有面生的人路过，一定牢牢盯住，从头到脚品评一番，不演绎到奇谈怪论处绝不死心。如今让人反复谈论的自然是张家的人和事。

"听说张师傅的太太、姨娘在亲戚、邻居前总抱怨官爷家的人，说是饭食上嫌东嫌西，难侍候。"

"听说给官爷家的人端上浆水酸菜饭，对方吃了一口就吐了，还嫌弃老碗又大又糙。"

"把张师傅夹在中间，成了肉夹馍，难为得叹长气。"

"唉,几天亲热劲一过,总要生出事端。本来张师傅就一大家,来了官爷一家,人更多。官爷已作古,娃娃不主事,一下子分开另过也不成,好戏还在后头哩。"

大家你一言我一语,心不在焉地说长道短。一个平日里嘻嘻哈哈的人忽然站起身,故作神秘地说:

"张师傅若要去见官爷的太太或姨娘,自家的太太、姨娘就骂他老不正经,非得打发了儿子跟了去。儿子一去,儿媳妇又不放心,转身又打发自家儿子去。时间长了,那边的太太、姨娘见祖孙三代总是接踵而来,怪笑人的,其实大有缘故。"

"就你狗日的知晓得细,回去给你妈担水去!"

有人笑着骂起来,那人也不理会,照样嬉皮笑脸:

"说起担水,那天我担水路过张家后门,官爷的两个姨娘正好出来,见我担着水,有些好奇,凑上来细瞧,叽里咕噜地你一言我一语。我仔细一听,好像是说河里的水是浑的,这桶里的水咋就这么清呢?我就说是从井里打的。两人好像听懂了,也说要去打井水,麻烦我带她们去。我就说进门去把'下井'取来。她俩总问是啥,我再三说:'下井!下井!'她俩还是听不懂。没办法,我就歇下担,敲着装水的'下井'比画。不料两个姨娘笑嘻嘻地提了我的'下井'进去,一会儿又将空'下井'提出来，还一再向我道谢。"

话音未落，满街哄笑。有人喊笑道：

"人家城里的女人，知道'下井'是个啥，你就不能说个木桶？"

"跟两个姨娘搭话，我能说出个'下井'就算攒劲了。换了你，嘴都像叫驴给踢了，就算张开嘴，也只是嗷嗷嗷，还是个驴叫。"

又是一片哄笑。

但人群中有三个人只是听着，若有所思。

这三人都是吃喝嫖赌之辈，如今暗起歹意，想要谋张家的财，成日混迹于哂笑的人堆里，也就是想听些张家的底细，好做谋划。三人知道现如今张家人口庞杂，不时有官员来往，再加上张师傅为人警觉，最为小心，他们一时之间难以下手。不怕贼偷，就怕贼惦记。三人既已惦记于心，就白天黑夜地把心思放在张家的钱财上。如今张家官爷的墓园已经建成，人也已经入殓，墓园工程之浩大、殡仪之隆重，他们亲眼所见，如此破费，墓内随葬的必然是稀世珍品，因此三人就有了盗墓的想法。但张家修的墓园子，据说是抱孙葬的格局，取凤凰展翅式，大昭穆排列都是传闻中地师先生的秘籍，听起来也不甚了了。

大道将行　155

正眼望过去，墓园子比张家的宅院还大，清冷的园门、祭堂，不知里面有何名堂，只知道守墓的陈老三是个一根筋，犟得三头驴也拉不转。

张师傅家大业大，子孙辈中也有些不入流的，其中有个叫张丰光的孙子，年少气盛，最好结交一些闲散之人。一日午后，有几个朋友请酒，张丰光心中欢喜，欣然赴约，在酒肆中坐定，见酒是上品，菜是佳肴，朋友们也都谦卑盛情，更加称心。情到浓处，一杯变三杯，三杯变六杯，接着就行起酒令来，一直到夜深人静，个个烂醉如泥。唯有一人似乎还清醒，推了推张丰光，见没有反应，就躬身背起张丰光出了酒肆，路过墓园子，将张丰光放在道旁，跌跌撞撞来到园门前，朝着门房叫醒陈老三，说是老爷的孙子丰光喝醉了，实在背不动，叫帮忙送到家里。陈老三一听，应了两声，挣扎着起了身，开门去看，果然是丰光，就叫那人帮忙扶着，自己躬身背起，与那人一同送丰光回家去了。

见陈老三被支开，三个盗墓人闪进墓室。甬道幽深，阴风阵阵，夜猫子诡谲的叫声令人不寒而栗。三人轻手轻脚，直往墓室最里头摸去，却见一丝微光，大着胆子逼近一看，原来是一间大的墓室，墓门大敞，烛光闪烁，香烟缭绕，祭器、葬品排列有序。三人大喜，随手扔下掘墓的家伙，就想进堂行盗。猛然间，似听得一群"女鬼"狂笑，三人魂飞魄散，毛发直竖，惊叫出声，连滚带爬，屁滚尿流而逃。

原来，张家的墓园子建成不久，刚刚将官爷安葬到正墓，正墓里还预留着太太、姨娘的寝床，墓室也就未封门，此事对外人是一概保密的。太太和几个老成的姨娘经常进墓室祭奠，望着各自归殡的寝床，心知这是自己将来的归宿，时间一长，也就有了归宿的感觉。

那时，青龙观入住了几个姑子，太太、姨娘们逢七日晚上必要请了姑子们进墓室念道经、弹道琴、说道话。那晚刚好逢七，太太和姨娘们老早就陪着姑子们进到墓室，清铃脆响，经唱悠扬，子夜时分又弹起道琴，大家心气平顺，神情不倦，又讲起吸阳纳气、得道成仙的逸事来，听得大家乐此不疲。正在品茶换话题时，外面隐隐传来跌跌撞撞的声音，大家立即警觉起来。听声音判断来人不止一个，接着有墓门前扔下铁器的声音，大家就明白了个十之八九。一齐躲在暗处观察，见果真闪进三个贼人，意欲卷了祭器、葬品而去。姑子们急中生智，引领大家一阵怪笑，吓破贼胆，方得保全。

出了这档子怪事，张师傅立即报官。镇长震怒，令罗保长宁肯错冤三十，也要抓获那三个贼人，限期破案，否则以渎职罪严处。罗保长本就对张家很上心，明白张家如今的声势，借着与张家有宿缘，搬请三少爷也有功，更是出入随意、来往自如，瞧着张家官爷身后留下的那帮姨娘，心绪也很荡漾。即使镇长不下严令，他也要一显身手。

罗保长先是命手下动手抓人，看着十里八村不顺眼的，统统关起来，叫来太太、姨娘、姑子们指认，大家都说当时烛光幽暗，况且遇贼心慌，面庞形容模糊，一时难以辨认。又传来陈老三问讯，闻知曾被人唤去送老爷的嫡孙，罗保长立即去见张丰光，循着线索一一抓来当晚请酒的人，顺藤摸瓜，三个盗墓人立刻就擒。

这事一出，张师傅担心起来，生怕有更厉害的盗贼前来洗劫，那时不仅是墓室，就连家中的资财也难保。越想越怕，竟成了坐卧不安的心病。官爷太太的族弟看出了他的心事，耳语几句，张师傅听后十分称许，不动声色地操持起来。

官爷太太的族弟是个看重权势的人，他进言说："十户一甲、十甲一保、十保一镇，罗保长再神气也是镇长的属下。如今虽说二爷去了，但家道却兴了，时逢乱世，盛名在外，保家护院是大事。府上虽与官府的老爷结交不少，遇事官府也很给面子，但终究不如自个儿家有官势的好。何不略抬贵腿，在县府老爷处跑几趟，举荐一个族中子侄辈的人，就坐守本镇当镇长，那时保长手下的兵队，还不是随时调遣，何愁盗匪侵扰？"

张师傅听其言之有理，便到县府的长官处走了几遭。原任镇长旋即被嘉勉调离，自己三弟的儿子张车儿走马上任，做了本镇的镇长。从此，十个保长的兵队，全归张车儿节制，巡守张家大院和墓园子成了日常事务。张师傅虽称心，但也很戒惧，怕乡人讥讽，经常将侄儿唤来，耳提面命一番。

张家的子侄自幼都在自家的书房院读书，由大老爷也就是张师傅亲自执教。三岁看老，张车儿小时候就显出痞子性，最厌书卷，只是被大老爷紧逼着，挨过不少戒尺，多年下来，虽也识文断字，通晓些子曰诗云，终究成就不了书生气，大老爷也就嫌弃了。不过，张车儿这几年已经显得老练，很擅长人情世故，有些匪气，家务上担待得多一些，最喜好结交官路上的人。初时被镇长邀去写文案，倒是手到擒来，时间一长，跟镇长交情既深，自荐当了一个乡约，传文宣政、分解民争，也混得有头有脸。如今受到抬举，奔走之下，张车儿坐上了镇长的位子，志得意满；加之家大势广，上峰帮衬，虽然不时受大老爷的训诫，到底还是日益气盛了。

一日，有乡绅密报，似乎有乱党在本地窜扰，线索十分紧要。张车儿一听，摩拳擦掌，觉着有了立大功的机会，亲自点齐兵队，将密林深处的村落围得水泄不通。挨户排查下来，果然擒获了三名嫌犯，其中二人自外而来，一人是本地人，缴获的书稿、旗徽足可印证他们非乱党莫属。张车儿大喜过望，立即将三人押解至镇公所，轮番大刑拷问，拟隔日解送到县府。

三少爷正在草滩的庄间遛弯，盘算着不日出发走关山的事，忽然看见三娃子急急赶来，开口就说不好了，他家的外甥被当作乱党，关到镇公所正用刑。

三少爷一听也十分吃惊，细细地问起缘由来。三娃子也不知就里，只是说：

"我姐跑了十里山路来报信，差点没跑断气。我一着急就赶下山去，寻到镇公所，果然看到我外甥和另外两个人正在受刑。张车儿可下得了狠手，甲仗都用上了。罗保长那么厉害的人也看不过眼，还叫我赶紧找您老想法子。两个外来人瘦骨嶙峋、破衣烂衫的，光脚蹬着草鞋，倒是我那个外甥穿着夹袄和布鞋。依我看，都是穷苦人，看着叫人寒心。"

三少爷一听就不忍心，加之是三娃子来求，二话不说，叫三娃子牵来骡子，扶他骑了就走，瞧见戏靴子边走边喘，就叫三娃子喊他爹先回去。三娃子喊了两声，也顾及不了，牵绳引路，领着三少爷到上街里，直入张师傅家。

见三少爷忽然登门，张师傅十分惊奇。这几年因他执意修墓园子的事，为三少爷所不齿，张师傅上山拜访、差人问安总吃闭门羹，下帖拜请也被婉拒，今天这是怎么了？他正在疑惑，不料三少爷开门见山：

"贵府的侄子管着镇里的事，不敢妨碍，只是错抓了我的外孙子和两个外乡的相好，都是搭伙要饭混熟的。公干要有仁慈，拿受苦人撒气，不该是张家的门风。"

张师傅听说，吃了一惊：

"有这等事？贼人又撒野了，欺负穷苦人，让人戳脊梁骨！您息怒，先喝茶，看我立马唤来赔不是。"

"张师傅，三个人正被上大刑，再晚点就要被害死了，还是先一同去救人要紧。"

三娃子乘势催促起来。张师傅慌忙点头，知道三娃子几进几出关山道，也是他张家的大恩人。

三个人快到镇公所时，就已传来一阵阵惨叫声。张师傅闻听，嘴角抖动，腿脚打战，一进院子就气喘吁吁地骂起来。张车儿急问缘由，又见三少爷在旁，立即局促起来。知道大老爷动气的缘由后，张车儿无奈地解释说抓到了乱党，实在是非同小可的事。话音未落，不远处一个瘦高个儿的人同时将两块板砖抛了过来，张车儿紧躲慢闪，一块板砖已砸到脚尖，疼得他抱脚打转，大叫不止。来人要张车儿给他两块银圆，从早等到晚，就是不见银圆来。原来那人是十里八乡有名的硬汉，耍光棍出了名的人，如今自己把自己卖了兵，与一帮同样是卖了兵的丁壮候在镇公所等开拔，天不怕地不怕的。明知是耍横，张车儿也没办法。

正在不可开交之际，就听张车儿的生父，也就是张师傅的三弟忽然蹿出，对着那汉子高声道：

"他武家爸，我家孽障三岁时吃牛黄丸吃浑了，你看在我的面子上不要计较！"

那汉子不依，有随时拼命的架势，张车儿又惧怕又疼痛。张师傅的三弟继续说着消气话，卖了兵的丁壮围上来哄笑，兵队的人也都在看热闹，众人也有劝解的，场面一片混乱。这当口，张师傅转身唤来罗保长，让罗保长把三个"乱党"全放了，要是张车儿问就说是他逼着放的。那时三人被关在后院，后院里还有个后门。罗保长从后门将人放出，三娃子接应上，给他外甥和另外两个外乡人各塞了两块银圆。夜幕已经降下，三人转身,不知去向了。

等张师傅回过神来,再寻三少爷时,三少爷连同三娃子早已不见踪影,大约已骑骡上山了,留下张师傅一人叹息了半晌。

红叶遍野,正值深秋。三少爷的商队正向关山进发,岔道上忽然闪出三个人来,迎面远远地打着躬。伙计们诧异,三少爷也奇怪。忽然,前面一个跪倒在地,直呼"舅舅",后面两个也跟着跪了下去。正在莫名其妙之际,随行的三娃子忽然大叫起来,对着大伙儿说道:

"外甥!我外甥!"

又转对三人说道:

"咋到这里碰上了?还是你们三个?"

确实是他们三人。那晚他们在镇公所被解救后,就趁夜潜行,苦于无处落脚。两个外乡人听了三娃子外甥的主意,干脆一起跋涉进关山。三娃子外甥说他舅舅讲过,那一带出没着许多好汉,最义气不过了,又与这边的商队有联系,说不定时日不长就能碰见舅舅。于是,三人讨吃讨住,一路往关山行进,不料今日就碰到了商队。

三娃子将三人拉起,领到三少爷面前,说这就是他外甥和那两个外乡人。听说当日正是三少爷想法子搭救,他们方才得以脱身，三人一时不知如何表达感激之情。三少爷很谦和，对他们嘘寒问暖，吩咐伙计取来随带的干粮让三人充饥。三人确实饿得慌，也不推让，一口水一口熟面地吃起来，边吃边说。得知这三人要随商队进关山结识好汉们，三少爷只是笑笑，并不阻拦。

进了关山就是好汉们的地盘，路径熟了，早就有人接应。虽然一道道岭、一道道梁，山连云霄、坂道迂回，内心却舒畅起来，脚下也轻快生风。

虽然时隔不久，好汉却是十分期待，就盼着三少爷过来。因为他有了新的生意，得借着三少爷的商队和商道上的关系，把遥远地界的紧要货品运进关山，再由山外的人接运出去。话虽然没有挑明，三少爷心里已经有了答案，见好汉怕他推托，便笑着说：

"你也不用明说，我也不用细问，与你交往的都是有血性的人，我尽全力照办就是了。"

好汉听了这话，激动得连干了三碗老酒。

这次关山之行，来往行程加驻足停留将近一个月，所见所闻却令三少爷一行耳目一新：关山好汉们走有走相、坐有坐相，说话带了文气，做事有了雅相，分而不乱、散而有序，号令一下，顷刻云集。那好汉头领更是说话做事愈发讲究得体，唯一未变的是浑身散发的豪爽气。说来也怪，三娃子的外甥和两个外乡人进关山不长时间就与好汉们混得热络，完全打成一片了。

此后，三少爷领着商队南来北往、东去西来，不时会带些关山好汉托付的货品。货品来路复杂，三少爷用尽了心思打通道上的关系。有时候接货的关节实在要紧，好汉就打发三娃子的外甥随了商队前往接洽。一应详情，三少爷从不打探，也让伙计们不许打听，三娃子的外甥更是守口如瓶。

四少爷自小就有书卷气，安静斯文，立志读书求功名，考取了秀才后，越发好学。不料早些年世道突变，横祸连连，三少爷又被阻绝在外，他一介书生勉强撑持着残家败业。自从三少爷归来，家业复兴，里里外外也用不着四少爷了，他也乐得清净，胸襟志向都在书房院中，一心只读圣贤书了。

这几年，三少爷带着商队，说走就走，说来就来，一走就寂静，一来就热闹。偶尔有不碰巧的访客登门，见三少爷外出，稍加寒暄，留下个什么话就离开了。四少爷也就是礼数上注意一下，早已习以为常。

一天，一个驻军的官长登门，四少爷急忙去迎见，是经常上门的熟客，只是人家一向冲着三少爷来，与自己搭话不多。那人并未久坐，临走时透露一个消息：传闻与三少爷来往甚密的军旅长被上峰公报私仇，轻则调防，重则开除军籍，也得预做防备的好。

四少爷迂腐，不大通晓话里的深意，也懒得去想，只等着三少爷回来，转述给他。

不料没等到三少爷来，却等来了三少爷打发在口外常年料理事务的大侄子带着几个伙计回来，个个显得心急火燎、神情沮丧。得知三少爷远出关山未返，大侄子一伙儿只歇了一夜的脚就径直奔往关山的道上去寻了。可能是怕四少爷担惊，大侄子只说口外的营生不顺，详情不必细言。其实即便知道了详情，四少爷又能咋！

后来，关山那边回来了几个伙计，说是大侄子找到了三少爷，听说是军旅长惹了祸，在上峰震怒施压下，自行出走了。口外驻军换了防，地方的官长也易了人，新来的军地"两长"非但不认茬，还挑拨兴讼，打了多起无中生有的官司，这边已输了个惨，大量财货店铺被查被封，还遇到了多起兵匪劫掠的事。如今三少爷已急切赶去口外了，也就是看能否尽力挽回些。

不久，四处又不太平了，附近的军兵来来去去，听说不远处经常交火，商路上又音讯不通了。半年多过去，总不见三少爷回来，也打听不到一星半点的消息。

又是半年过去，还是音讯全无，四少爷慌张了起来。

六月，麦子已黄，远路上来了许多赶麦场的麦客。抢收时节，天气多变，有龙口夺食之说，但凡来卖苦力打场的，都是家家争抢，没有打不出场的。怎奈今夏的天公太作恶，正在火热收割时，一连下了十几天的大雨，也是罕见的天象。收麦不成，几十个麦客困在庄上。要在人情淡薄的地方，早就打发走了；草滩人厚道，知道麦客要是打不上场，就成了要饭的，况且淫雨不停，怎么忍心打发？但有好些户人家，自己都揭不开锅了，不知如何是好。有几户人去给四少爷说，四少爷家也滞留着麦客，见有庄人来诉苦，就应承着说，干脆把人领过来，与他家的那几个合到一处，让同吃同住去。不料这话一说出去，庄上滞留的麦客都聚了过来，只因多数庄人家里确实揭不开锅，再说四少爷家的伙食毕竟要好得多。

出了这么一遭，倒让四少爷犯起愁来，后厨的婆娘已是怨声满满，说是再硬撑下去，粮食就完了。文人犟起来也牛，四少爷被家人的怨气逼急了，放了个狠话：

"就是把家里吃倒了，也不能驱赶了远路上来的下苦人！"

字正腔圆，掷地有声。

大雨转小雨，小雨转阵雨，终于勉强能下脚了。家家户户只要能动弹的，都同着麦客一起下了地。看着许多的麦穗已经发霉、出芽，大家只好叹气，但也得收了去。收割完毕，穷人也有穷心，那些个麦客硬是不要酬劳，各人只拿了点路上的花费，千恩万谢地走了。

从那以后，方圆十几里，逢到麦黄抢收时，远来的麦客一大早都会赶到草滩打场；周围庄上的人要雇麦客，都晓得一大早去草滩，只因当年立了信，成了一贯不倒的打场之所。此是后话。

夏粮遭了灾，指望秋粮补，但注定是年成不好，秋田也遭了虫害，官粮却催逼得更紧，眼看着就要吃糠咽菜了。四少爷就更加盼着三少爷的信儿，但他也明白，此时已兵戈四起，盼着三少爷回来，其实只是个想头。自家过得越来越艰难，庄上的其他人家更难，个个面有菜色，大肚子病人随处可见。种种凄惨景象，终于将四少爷彻底击垮，他无法再沉迷于书香了。听说三少爷屋里藏着些镇咳止痛用的烟膏子，他就设法弄了来。试着抽了几次，起初不经意，渐渐地上了瘾，日复一日，越来越起劲，以至于成天吞云吐雾，恰似神游太虚仙境，尘世的诸般烦恼都不再上心，确乎如书中所言："好便是了，了便是好！"家人眼见四少爷成了废人，但饥馑难挨，个个挣扎，无可奈何。

终于有一天，仅剩的烟膏子用尽了，四少爷不吃不喝，悄无声息，像病猫子一样一动不动地睡着，骨瘦如柴，已显出油尽灯枯的光景。家人本来心想着大概不行了，忽然四少爷又有了声息，翻起身来，连打哈欠，鼻涕涎水长流，继而哭喊着打起滚来，央求家人一定下山去，到上街里的张师傅家，就说自己已辱没了至圣先师，就算看在三少爷的情分上，好歹给他借点烟膏子来，等三少爷回来一定折成银两，本利奉还。家人瞧着可怜，真去了张师傅家，也真的拿了些烟膏子来。那东西神奇，一旦用上，立马神清气爽。听到房梁上有耗子乱窜，四少爷苦笑道："唉，连这屋里的老鼠都成瘾君子了，这两天没动静，烟香一飘，也醒煞了。"又自言自语地说："我死了，你们可咋办？跟着我走，也是个伴儿！"

听说张师傅已是一病不起，家里正乱着呢。四少爷便又长叹一声，大声喊道：

"斯文扫地了！"

大荒年饿毙了一些人，简直不堪回首。翻过年，年馑稍微好转了些,大家拖着虚弱的身子又开始不停地劳作。生生死死,都是挣扎罢了。

忽有一日,正是艳阳高照的天气,庄里忽然骚动起来,说是有军队上山了。男女老少纷纷出逃,在野坡荆棘中隐藏起来,偷听偷看,果然有大队的人马进了庄,队伍里还有人高声喊着:

"把牲畜粮食藏起来,后面有追兵!"

军兵边喊边走,也不经停,过庄而去,不抢也不烧,令人称奇。

队伍走过好长时间,人们才胆战心惊地陆续返回庄上,没有发现异样,只看见书房院邻夹道的外墙上贴着一张写满字的红纸,也不知写着些啥。大家这才想起四少爷来,到处寻找不见,却见有人从书房院搀了四少爷出来,原来是过完烟瘾睡过去了,庄里出了什么事,根本就不知道。

四少爷吃力地抬起头,见是一张布告,是叫红军的队伍留的,看了又看,越看越新奇,见大家催着问,就将布告的意思一五一十地解说出来。大家听着是穷人的队伍,真是闻所未闻;联想到大队人马路过,不拿不抢不烧,也是见所未见。忽然想起刚才提醒有追兵的事,大概是平常见到的兵匪了,于是各自叮嘱，散了伙，重新隐藏起来。

此后一段时间，十里八乡的人传言不断，总说着那支队伍的新奇之处，还在太阳山下打散了官兵的布防，官兵害怕了，只是尾随而已。

那支队伍到底去向何方了？张贴的布告上说是北上了，有人说实际是开向关山去了。听到这话，四少爷又沉思起来。

又过了些时日，三娃子忽然摸黑进了庄，由戏靴子陪着来。四少爷一见，惊喜异常，急问他从哪里来，伙计们都在哪里，三少爷和侄娃子又在哪里。

三娃子一时无语，只是撕开衣襟，从上衣的夹层里取出一封书信，递给四少爷。四少爷打开一看，原来是三少爷捎来的亲笔信：

四弟受苦了！

自从口外营生突变，急切之间前去挽回，岂料非但无济，自己也险遭缧绁，能与子侄、伙计保全脱险，已属万幸。肝胆俱裂，对世故营生已心灰意冷。国家内忧外患，山河破碎，兄等一时故土难回。早年在关山结交，属人生快事，已与子侄、伙计悉数投奔。旧业仍操,只是从今往后不计私利。年高体衰,幸有晚辈操持,勿念。书不尽言,详情可由三娃子告知。

要紧!

四少爷看了又看,明白了大意,同着戏靴子又向三娃子细问了好长时间,最后将来信仔细地放入火炉,瞧着升腾的火焰,深沉地陷入长思。

一天午后,四少爷忽然来了精神,一骨碌爬起,洗漱整装毕,踱临书案,下笔有神,题诗一首:

> 坚读圣贤书,
> 誓折蟾宫枝。
> 无奈运无常,
> 书生挑破梁。
> 世事在书斋,
> 书斋不世事。
> 或可有顿悟,
> 身沉大江中。

写罢，大笑一番，回头又卧倒，从此一卧不起，粒米不进。

家人着了慌，传来庄人规劝。戏靴子上气不接下气，被三娃子扶来探视。四少爷睁开眼，吟诵起书斋里的句子来：

"大道之行也，天下为公……是谓大同……"

忽高忽低，有声无声，反复吟诵，但始终卧床不起，水米不进，三日而殁。

草草埋葬了四少爷，三娃子又起身，直奔关山。

望着黑夜里儿子离去的身影，戏靴子强撑着身躯，临风打战，孤零零地立着……

立着……

完稿于 2021 年 3 月 27 日

定稿于 2021 年 4 月 9 日